LES CLASSIQUES FRANÇAIS DU MOYEN ÂGE

publiés sous la direction de Mario Roques

FOUKE FITZ WARIN

ROMAN DU XIVe SIÈCLE

ÉDITÉ PAR

LOUIS BRANDIN

PARIS

LIBRAIRIE ANCIENNE HONORÉ CHAMPION ÉDITEUR

5, QUAI MALAQUAIS (VIe)

1930

63

LES CLASSIQUES FRANÇAIS DU MOYEN AGE

COLLECTION DE TEXTES FRANÇAIS ET PROVENÇAUX
ANTÉRIEURS A 1500
FONDÉE EN 1910 PAR MARIO ROQUES

1**. — LA CHASTELAINE DE VERGI, éd. par GASTON RAYNAUD, 3e éd. revue par LUCIEN FOULET ; VII-35 pages .... 2 fr. »

2**. — François Villon, ŒUVRES, éd. par AUGUSTE LONGNON, 3e éd. revue par LUCIEN FOULET ; XXIII-136 pages. 6 fr. »

3*. — COURTOIS D'ARRAS, éd. par EDMOND FARAL, 2e éd. revue ; VII-37 pages .... 2 fr. »

4***. — LA VIE DE SAINT ALEXIS, poème du XIe siècle, texte critique de GASTON PARIS ; VI-50 pages .... 3 fr. 50

5*. — LE GARÇON ET L'AVEUGLE, 2e éd. revue par Mario Roques ; VII-16 pages .... 1 fr. 50

6*. — Adam le Bossu, LE JEU DE LA FEUILLÉE, 2e éd. revue par ERNEST LANGLOIS ; XXI-82 pages .... 4 fr. 50

7. — LES CHANSONS DE Colin Muset, éd. par JOSEPH BÉDIER, avec la transcription des mélodies par JEAN BECK.

8**. — Huon le Roi, LE VAIR PALEFROI, avec deux versions de LA MALE HONTE, par Huon de Cambrai et par Guillaume, siècle, 3e éd. revue par ARTHUR LÅNGFORS ; XV-68 p. 5 fr. »

9*. — LES CHANSONS DE Guillaume IX, duc d'Aquitaine (1071-1127), éd. ALFRED JEANROY, 2e éd. revue ; XXI-48 p. 6 fr. »

10. — Philippe de Novare, MÉMOIRES (1218-1243), éd. par CHARLES KOHLER ; XXVI-175 pages avec 2 cartes...... 5 fr. 25

11*. — LES POÉSIES DE Peirre Vidal, 2e éd. revue par JOSEPH ANGLADE ; XII-191 pages .... 9 fr. 50

12**. — Béroul, LE ROMAN DE TRISTAN, poème du XIIe siècle, 3e éd. revue par ERNEST MURET ; XV-167 pages.... 12 fr. »

13*. — Huon le Roi de Cambrai, ŒUVRES, t. I, 2e éd. revue par ARTHUR LÅNGFORS ; XVII-48 pages .... 3 fr. 25

14*. — GORMONT ET ISEMBART, 2e éd. revue par ALPHONSE BAYOT ; XIV-71 pages .... 4 fr. »

15*. — LES CHANSONS DE Jaufré Rudel, 2e éd. revue par ALFRED JEANROY ; XIII-37 pages .... 3 fr. 50

16. — BIBLIOGRAPHIE SOMMAIRE DES CHANSONNIERS PROVENÇAUX, par ALFRED JEANROY ; VIII-89 pages.... 3 fr. 40

17. — Bertran de Marseille, LA VIE DE SAINTE ENIMIE, éd. par CLOVIS BRUNEL ; XV-78 pages .... 3 fr. »

18. — BIBLIOGRAPHIE SOMMAIRE DES CHANSONNIERS FRANÇAIS DU MOYEN AGE, par ALFRED JEANROY ; VIII-79 pages. 3 fr. 40

19*. — LA CHANSON D'ASPREMONT, éd. par LOUIS BRANDIN, 2e éd. revue ; t. I, vv. 1-6154 ; XII-208 pages............ 9 fr. »

20. — GAUTIER D'AUPAIS, poème courtois du XIIIe siècle, éd. par EDMOND FARAL ; X-32 pages .... 1 fr. 95

21**. — PETITE SYNTAXE DE L'ANCIEN FRANÇAIS, par LUCIEN FOULET, 3e éd. revue ; XI-313 pages .... 10 fr. »

LES CLASSIQUES FRANÇAIS DU MOYEN AGE
publiés sous la direction de MARIO ROQUES

FOUKE FITZ WARIN

ROMAN DU XIVe SIÈCLE

ÉDITÉ PAR

LOUIS BRANDIN

PARIS
LIBRAIRIE ANCIENNE HONORÉ CHAMPION ÉDITEUR
LIBRAIRE DE LA SOCIÉTÉ DES ANCIENS TEXTES FRANÇAIS
5, QUAI MALAQUAIS (VIe)

1930

INTRODUCTION

I. Le Manuscrit ; date de la rédaction en prose. — *Fouke Fitz Warin* nous est parvenu dans un seul manuscrit, le ms. Royal 12. C.XII, dont H. L. Ward a donné une excellente description. Outre le texte publié ici et qui se trouve aux f. 33-60, ce manuscrit contient un service en commémoration de Thomas de Lancastre, suivi d'hymnes et de différents articles (f. 1) ; une version de *Brut* qui s'étend jusqu'à 1312 et est rédigée en vers anglais (f. 62-68) ; la version de *Amys and Amyllioun*, (f. 69-76), qui a été publiée par Eugen Koelbing (Heilbronn, 1884), sous le titre *Amis and Amiloun* ; divers traités techniques de divination, présages, signes, etc., [1]

Le ms. est l'œuvre de deux scribes. Le travail du premier s'arrête au mot *covenant* (f. 53 r., 28, 4e mot, correspondant à p. 70, 3, 7e mot de la présente édition). Les deux scribes se sont acquittés de leur tâche avec soin ; les fautes d'intelligence du texte sont rares comme on peut en juger par la liste de corrections (p. 87).

Thomas Wright était convaincu que l'écriture était antérieure à 1320 [2]. Mais cette opinion n'est pas acceptable : le document concernant le service en commémoration de Thomas de Lancastre, qui a été décapité à Pontefract, le 23 mars 1322 (H. L. D. Ward, *Cat. of Rom.*, I, p. 501, dit par erreur « en 1321 ») nous oblige à adopter une date plus récente. Mais cette date n'est pas de beaucoup postérieure

1. Nous en avons publié deux livres de bonne aventure, l'un dans les *Mélanges de philologie et d'histoire* à M. Antoine Thomas (Paris, 1927), p. 51-60 ; l'autre dans les *Mélanges de linguistiques et de littérature* offerts à M. Alfred Jeanroy (Paris, 1928), p. 639-655.

2. « The manuscript is in a hand of the reign of Edward II, and I think there can be little doubt that it was written before the year 1320 » *(The History of Fulk Fitz Warine*, p. v).

à 1322 et, comme nous avons affaire ici à une copie, l'original a pu être composé un peu plus tôt, vraisemblablement pour le petit-fils de Foulques Fitz Warin III, Foulques V, mort en 1314 ; c'est donc probablement aux premières années du XIVe siècle qu'on peut définitivement fixer l'époque où notre rédaction en prose a été composée, et, en tout cas, très peu de temps après 1314.

II. CARACTÈRE DE L'ŒUVRE ; LE POÈME ANTÉRIEUR. — Cette composition complexe nous retrace l'histoire de la famille des Foulques depuis les origines jusqu'à la mort de Foulques III (après 1256), mais ce n'est pas une chronique. Elle nous rapporte quelques faits authentiques : mariage de Foulques III avec Hawise de Dinan ; droits des Foulques Fitz Warin sur le fief de Whittington ; révolte de Foulques III vers mai 1201, après que son château eut été livré à Meuric, prince de Galles ; vie d'*outlaw* menée environ deux ans et demi par Foulques III et ses frères ; réconciliation avec le roi Jean (15 novembre 1203) et grâce accordée à Foulques et à cinquante-deux rebelles parmi lesquels « Willelmus filius Fulconis, Philippus filius Guarini, Ivo filius Guarini (probablement trois frères de Foulques III), Baldwinus de Hodenet et Willelmus Malveissin »[1] ; mariage de Foulques III avec Mathilde, veuve de Thomas Walter ; son inhumation à la Nouvelle Abbaye d'Alberbury. Mais elle commet de nombreuses confusions et de singuliers anachronismes, que nous signalons dans l'*Index des noms propres*, elle ignore des faits essentiels, et surtout elle brode, sur une trame historique déjà fort embrouillée, des exploits magnifiques accomplis par le héros en pays étrangers, comme dans les chansons de geste romancées, des luttes contre les dragons, les géants, et le diable lui-même, comme dans les romans d'aventures, des légendes remontant à l'antiquité classique, des contes et anecdotes populaires. C'est une œuvre de trouvère et non de chroniqueur, ou, plus exactement, c'est le remaniement d'une œuvre de trouvère, un poème sur les faits et gestes de Foulques III et de ses ancêtres.

Ce poème, il en est resté des débris dans le remaniement en prose :

1. *Rotuli litterarum patentium in Turri Londinensi asservati*, éd. TH. DUFFUS HARDY, I, 1.

d'abord les deux prophéties (pp. 6 et 84-85), puis un grand nombre d'octosyllabes isolés, à peine altérés, de rimes faciles à rejoindre. Thomas Wright [1] s'est amusé à remettre ainsi en vers tout un passage (p. 9, 3-16) ; M. A. C. Wood [2] a proposé de reconstituer en 16 endroits des groupes de 2 à 4 octosyllabes (p. 3, 13 ; 7, 2 ; 10, 10 ; 13, 13 ; 13, 26 ; 15, 22 ; 23 ,18 ; 34, 30 ; 35, 15 ; 37, 17 ; 45, 16 ; 46, 20 ; 47, 19 ; 50, 21 ; 58, 9 ; 86, 3) ; ces restitutions sont nécessairement conjecturales et, bien que d'autres encore soient possibles et même probables (v. p. ex. 47, 19-25), nous n'avons pas cru utile de marquer typographiquement ce qui, dans la prose, peut être débris de poème (à l'exception des deux prophéties dont le remaniement a intentionnellement maintenu la forme versifiée). Mais il faut noter qu'il n'y a pas une page de la rédaction en prose où ne se sente un rythme, d'ailleurs assez vague, comme il convient au remaniement d'un poème anglo-français dont l'octosyllabe variait certainement entre 7 et 9 syllabes et n'en avait 8, pour ainsi dire, qu'en moyenne [3].

On a pensé qu'il était possible d'avoir sur ce poème antérieur, que nous désignerons par *O*, plus d'indications que n'en fournit le remaniement en prose conservé. En effet, un érudit anglais du XVIe siècle, John Leland, nous a laissé dans son recueil, *De rebus britannicus collectanea*, d'une part l'analyse d'un poème anglais sur les hauts faits de Garin et de ses fils, poème aujourd'hui perdu et dont le ms. vu par Leland était déjà incomplet, d'autre part l'abrégé de la fin d'un poème français sur le même sujet, perdu lui aussi, et que Leland déclare avoir « traduit » partiellement pour combler les lacunes de son ms. anglais, c'est-à-dire pour ce qui correspond aux pp. 81-86 de notre rédaction. (Nous désignons par *A* le poème anglais et par *F* le poème français connus de Leland, par *R* la rédaction en prose).

Thomas Wright a pensé que le contenu de *A* était semblable à celui de *R*, et que *O* n'était pas autre chose que *F*, et c'est encore plus nettement l'avis de Moland et d'Héricault. En fait les rapports de

1. *O. c.*, VI-VII.
2. *Fulk Fitz-Warin*, p. 62-63.
3. Sur ce poème et sur son contenu, cf. L. BRANDIN, *Nouvelles recherches sur l'Histoire de F. F. W.*, *Romania*, LV.

ces divers textes paraissent bien plus compliqués [1] : *A* et *R* sont séparés par de si nombreuses divergences qu'il est difficile de les faire remonter directement à une même source ; et si *F* et *O* paraissent avoir été très proches, le fragment de récit, pourtant très court, où nous pouvons essayer de les comparer, présente deux traits pour lesquels ces deux versions se séparent.

Si les analyses de Leland ne précisent pas notre connaissance de *O*, l'étude de la langue de *R* nous donne au contraire quelques indications.

III. Langue ; date et localisation. — Pour l'ensemble des traits anglo-français de la rédaction en prose nous renvoyons au tableau qu'en a soigneusement dressé M. A. C. Wood et aux observations de M. J. Vising sur ce travail [2]. Mais, si l'on compare les deux fragments en vers et le reste de notre texte, on constate dans les premiers un certain sentiment de la déclinaison qui manque dans les parties en prose : sur 32 couplets 19 présentent à la rime des formes déclinables ; or 13 fois la « règle de l'*s* » est observée, 6 fois seulement elle est enfreinte, et c'est justement la proportion qu'on peut observer dans la déclinaison anglo-française vers le milieu du XIIIe siècle. Dans les parties en prose, et pour les deux scribes également, les règles de la déclinaison sont généralement méconnues : encore faut-il noter que, là où elles sont observées, cela peut, en dehors d'un effet de hasard, être dû à la conservation de vers ou fragments de vers du poème antérieur ; ce pourrait être notamment le cas pour les passages suivants où nous pouvons sans doute nous risquer à restituer des couplets :

Quant Fouke fust de dys huit ans
molt par fust beals, fortz e grantz (12, 19).

Mes al Lacy avynt le pys,
(quar yl) s'en vet fuaunt e desconfitz (13, 14).

1. Sur toute cette question, voir Brandin, *l. l.* ; on trouvera là le texte entier de Leland.

2. *Kritischer Jahresbericht über die Fortschritte der romanischen Philologie*, XIII, I 244, et XIII, II, 87.

La rédaction de *O* paraît donc pouvoir remonter au début de la seconde moitié du XIIIe siècle, et en effet elle est certainement postérieure à 1256, puisque le héros, Foulques III, vivait encore à cette date, mais elle pourrait être antérieure à 1264, car cette année non seulement Foulques III était mort, mais Foulques IV périt aussi, noyé, à la bataille de Lewes (14 mai), fait important auquel *R* (et sans doute *O*) ne fait aucune allusion [1].

D'autre part il n'y a pas à douter que *O* et *R* aient été composés en Angleterre. Sans tenir compte des faits qui peuvent être purement graphiques et dus aux scribes : graphie *th (desouth, foyth, lintheals)*, *a* pour *e (la = le, sala = sale, a = e(t)*), addition ou suppression de *e* final d'où confusion apparente de genres *(lignage troyene*, 3, 21 ; *un roche*, 4, 1), nous signalerons des particularités linguistiques qui prouvent cette origine anglaise :

1° les rimes *mer* : *enter* (6, 23-24), *Arthur* : *valur* (85, 11-12) ;

2° les mots *north*, *hosebaunde*, *mores*, formés du moyen anglais (toutefois *north* peut n'être qu'une graphie en *th* de *nord)* [2].

3° des anglicismes comme *dona sur* = abandonna » (angl. *gave over)*, *aler por* = « aller chercher » (angl. *to go for)*, *jour d'amour* (angl. *love-day)* ; *traviler* = « voyager » (angl. *to travel)* ; *molt le plus* (où *le* a le sens de *the* dans *all the more)* ;

4° des confusions syntactiques fréquentes : masculin et féminin, complément direct et indirect, formes faibles et fortes des pronoms personnels, imparfait et passé simple.

5° la construction de *si* = « au cas où » avec le subjonctif ou le futur *si le suen seit vencu* (76, 21), *si yl pourra* (77, 7), *si vous plust* (18, 5).

6° Le conditionnel d'un verbe déjà énoncé exprimé par le conditionnel de *vouloir* sans que le verbe même soit répété : *come vous vodrez de mei* = « comme vous voudriez » (69, 21), (angl. *as you would with me)*.

1. L'argument est de Wright, mais Moland et d'Héricault remarquent avec raison que notre histoire ne raconte que les faits et gestes de Foulques III et n'avait pas à se préoccuper de Foulques IV. Toutefois l'état linguistique que nous avons signalé s'accorde avec les conclusions de Wright.

2. *Sorement* que Wright, Moland et Stevenson considéraient comme dérivé de l'angl. *sore*, doit être lu, avec A. C. Wood, *forement*, c'est-à-dire *ferement* avec *o* pour *e* comme dans *afort* (v. *Glossaire)*.

L'étude des noms de lieux peut nous permettre un peu plus de précision. Les formes *Mudle*, *Brugge* et *Pennebrugge* excluent le Nord, le Midland oriental, l'Essex et le Kent, qui auraient *Medle* ou *Midle*, *Bregge* ou *Brigge* ; elles excluent aussi les comtés de Devon, Dorset, Wilts, Somerset, qui auraient des formes en *-i-*. D'autre part *Alburburs* au lieu de *Alberburs* indique le Midland occidental et *ar* pour *or* (*Yarvard* pour *Jorworth*) se retrouve encore dans le Midland méridional.

Enfin la notation par *oy* de *wy* gallois dans *Droyndon* et *Goynez* (de *Drwyndwn* et *Gwynned)* ou la notation par *o* de *y* dans *Guenonwyn* (de *Gwenwynwyn)* correspondent à des essais pour reproduire non la graphie, mais la prononciation galloise, ce qui paraîtra naturel de la part d'un auteur vivant à proximité du pays de Galles, dans le sud-ouest du Midland.

Th. Wright avait déjà fait remarquer que l'auteur avait une connaissance personnelle du *border* gallois et de son voisinage immédiat, du château et du paysage de Dynan (cf. le récit des pp. 12-15) ; les traits phonétiques ci-dessus mentionnés nous permettent de localiser en Shropshire la composition du poème sur Foulques Fitz Warin remanié dans notre rédaction en prose et peut-être la composition de cette rédaction elle-même.

IV. Bibliographie. — 1° *Editions.*

a [Edition de Thomas Duffus Hardy, 1833].

Cette édition est mentionnée par Thomas Duffus Hardy lui-même dans son *Descriptive Catalogue of materials relating to the History of Great Britain and Ireland to the end of the reign of Henry VII* (London, 1871), III, p. 41 : l'histoire de Foulques Fitz Warin telle qu'elle se trouve dans le manuscrit Royal 12.C.XII du Musée Britannique « a été tout d'abord *imprimée* pour circulation privée par T. Duffus Hardy en 1833, puis publiée par M. Francisque Michel, en 1840 et ensuite par Mr. Thomas Wright ». Dans la première note de son *Introduction*, Francisque Michel nous confie qu'il avait en 1833 commencé à transcrire le manuscrit du Musée Britannique, puis qu'il avait abandonné ce travail en apprenant que Thomas Duffus Hardy allait donner une édition de *Foulques*. Ne voyant rien paraître, Francisque Michel acheva sa transcription. « Nous croyons cependant savoir, ajoute-t-il, que la copie exécutée pour M. Hardy par M. A. Berbrugger, actuellement bibliothécaire d'Alger, a été imprimée à Londres, chez Samuel Bentley, par les soins de notre compatriote, mais nous ignorons les raisons qui engagent M. Hardy, aux frais duquel cet ouvrage a été imprimé, à le garder en charte privée ».

Thomas Wright ne semble pas avoir connu cette édition. Tout au moins il ne lui accorde pas la moindre mention dans son *Introduction* : pour lui *(Introduction*, p. XVIII) *l'histoire de Foulques* a été pour le première fois « rendue publique » dans une édition de M. Francisque Michel, imprimée en 1840.

Nous n'avons pas trouvé trace de l'édition Thomas Duffus Hardy.

b. FRANCISQUE MICHEL, *Histoire de Foulques Fitz Warin, publiée d'après un manuscrit du Musée Britannique* ; Paris, Silvestre, 1840 ; in-8, 112 pages.

L'Introduction, I-XX, contient surtout un commentaire historique des documents signalés par Thomas Duffus Hardy (voir *Travaux divers, b)* ; p. 1-99, texte du manuscrit Royal 12.C.XII ; p. 101-112 texte de *The Gestes of Guarine and his Sunnes*, tiré de John Leland d'après l'édition de 1715. Cette édition, tirée à très petit nombre, est à peu près introuvable.

c. THOMAS WRIGHT, *The history of Fulk Fitz Warine, an outlawed baron in the reign of King John, edited from a manuscript preserved in the British Museum, with an English translation and explanatory and illustrative notes* ; London, printed for the Warton Club, 1855 ; in-8, XIX-213 pages.

V-XIX, Introduction ; p. 1-183, texte et traduction ; p. 185-231, notes. Edition qui fait autorité surtout pour le commentaire historique. Une partie de ce commentaire est due à R. W. Eyton (voir *Travaux divers, c)*, qui avait communiqué à Thomas Wright les renseignements de son ouvrage alors en cours de publication. Les notes de R. W Eyton sont indiquées dans l'édition de Thomas Wright par les initiales R. W. E.

d. L. MOLAND et CH. D'HÉRICAULT, *Nouvelles françoises en prose du XIVe siècle* ; Paris, Jannet, 1858 ; petit in-8, CXXXIX-304 pages.

Les pages XVI-XLV et 15-114 seules se rapportent à *Foulques Fitz Warin*. Le texte est celui de Wright.

e. JOSEPH STEVENSON, *History of Fulk Fitz Warine*, p. 274-415 du *Radulphi de Coggeshall Chronicon Anglicanum*, Rolls Series, London, 1875 ; in-8, XXXII-476 pages.

Cet ouvrage contient aussi une excellente traduction anglaise.

f. A. C. WOOD, *Fulk Fitz-Warin, text and a study of the language* ; London, Blades, 1911 ; in-8, III-96 pages.

2° *Traductions.*

Outre les traductions ci-dessus mentionnées de Thomas Wright et de Joseph Stevenson :

a. Dans la collection *The King's Classics* : *The history of Fulk Fitz-Warine englished by Alice Kemp-Welch with an introduction by L. Brandin* ; London, Alexander Moring, 1904 ; pet. in-8, XX-126 pages.

b. Dans la collection *Romanische Meistererzähler* : *Das Volksbuch von Fulko Fitz Warin, Deutsch von Leo Jordan* ; Leipzig ; Deustche Veslagsactiengesellschaft, 1906 ; in-8, LXII-103 pages.

Introduction étendue et importante au point de vue littéraire, et aussi pour l'étude des sources, de la composition et de la place que *Foulques Fitz Warin* occupe dans la littérature des *outlaws*. P. 81-89, remarques sur l'*Introduction* et sur le texte ; p. 90-97 index géographique et historique.

3° *Travaux divers.*

a. PAULIN PARIS, *Histoire littéraire de la France*, XXVII, p. 164-184.

b. THOMAS DUFFUS HARDY, *Rotuli litterarum clausarum in Turri Londinensi asservati* ; Londres, 1833 ;

Rotuli litterarum patentium in Turri Londinensi asservati, Londres, 1835 ;

Rotuli chartarum in Turri Londinensi asservati ; Londres, 1837

On trouvera réunis dans ces trois ouvrages les documents des Archives de Londres concernant Foulques III.

c. R. W. EYTON, *Antiquities of Shropshire* ; London, 1854-1860, 12 vol. in-8 ; voir *Table Générale*, T. XII.

d. H. L. D. WARD, *Catalogue of Romances in the department of manuscripts in the British Museum*, I (London, 1883, in-8) ; p. 501-508, description du ms. Royal, 12. C. XII.

e. L. BRANDIN, *Nouvelles recherches sur l'Histoire de Fouke Fitz Warin* ; *Romania*, LV.

***

Nous remercions M. J. H. G. Grattan, Reader de langue anglaise à l'Université de Londres, qui a bien voulu nous faire profiter de sa profonde connaissance de la dialectologie anglaise et à qui nous devons les renseignements que nous avons utilisés pour la localisation de notre texte. M. Aller Mawer, Provost de l'University College de Londres, et M. John Edward Lloyd, professeur à l'University College de Bangor, grâce auxquels nous avons pu identifier plusieurs noms de lieu restés jusqu'ici sans solution satisfaisante.

FOUKE FITZ WARIN

En le temps de averyl e may, quant les prees [33] e les herbes reverdissent e chescune choses vivaunte recovre vertue, beauté e force, les mountz e les valeys retentissent des douce chauntz des oseylouns e les cuers de chescune gent pur la beauté du temps e la sesone mountent en haut e s'enjolyvent, donqe deit home remenbrer des aventures e pruesses nos auncestres, qe se penerent pur honour en leauté quere, e de teles choses parler qe a plusours purra valer.

Seygnours, vous avéz oy eynz ces houres qe Willam Bastard, duc de Normaundie, vynt ou grand gent e pueple santz nounbre en Engleterre e conquist a force tote la terre e ocist le roy Heraud e se fist coroner a Loundres e si estably pees e leys a sa volenté, e dona terres a diverse gentz qe ou ly vyndrent. En ycel temps Yweyn Goynez fust prince de Gales e si fust vailaunt e bon guerreour, e le roy le dota mout le plus. Cesty Yweyn out guasté tote la marche e tote fust voyde de Cestre tan qe al mont Gylebert. Le roy se apparilla mout richement e vint ou grant ost en le countee de Saloburs e trova tote les villes arses de Cestre desqe a Saloburs, quar le prince clama tote la marche pur la sue e aportenaunte a Powys.

Le prince se retret, quar yl ne osa atendre le roy. Le roy fust mout sages e pensa qu'il dorreit les terres de la marche as plus vaylauntz chevalers de tut le ost pur ce qu'il devereynt defendre la marche de le prince a lur profit e al honour lur seignour le roy. Ly roy apela Rogier de Belehealme, si li dona tote la counté de Saloburs mout franchement e si fust apellee counte palays. Rogier funda dehors la vylle de Saloburs une abbeye de Seynt Piere e la feffa mout richement e tint le counté a tote sa vie. Si comença un chastiel a Brugge e un autre chastel comença en Dynan, mes yl ne les parfist poynt.

Aprés qe Roger fust devyés, Robert, son fitz, avoit tote la countee de Saloburs e Ernaud, son puysné fitz, avoit Penebroke. Ceux furent gentz trop demesurees e trop culvers, e grantment mespristrent countre lur seignour, le roy Henri fitz Willam Bastard, frere roy Willam le Rous, e parfirent le chastel de Brugge contre la defense le roy Henri, dont le roy Henri les desheryta e fist exiler pur tous jours e dona lur terres a ces chevalers. Le chastel de Dynan e tut le pays entour devers la ryvere de Corve ou tut l'onour dona a monsire Joce, sun chevaler, e d'en aprés retint le surnoun de Dynan e fust apelé par tut Joce de Dynan. Cely Joce parfist le chastiel qe | Roger [v°]
de Belehealme en son temps avoit comencé e si fust

fort e vaylaunt chevaler, e si fust la ville bien longement apellé Dynan, qe or est apellee Ludelawe. Cesti Joce fist fere desouth la ville de Dynan un pount de pere e chaus outre la ryvere de Temede, en le haut chemyn qe va par my la marche e de Cestre desqe Brustut. Joce fist son chastiel de Dynan de tres baylles e le envyrona de double fossee, une dedens e une dehors.

Le roy Willam Bastard aprocha les mountz e les vals de Gales, si vist une ville mout large, close jadys de hautz murs, qe tote fust arse e gastee, e par desouth la ville en une pleyne fist tendre ces pavylons e la demorreit, ce dit, cele nuyt. Lors enquist le roy de un Bretoun coment la ville avoit a noun e coment fust ensi gasté. « Sire, fet le Bretoun, je vous dirroy. Le chastiel fust jadys apellé Chastiel Bran, mes ore est apelee la Vele Marche. Jadys vindrent en ceste pays Brutus, un chevaler mout vaylaunt, e Coryneus, de qy Cornewayle ad uncore le noun, e plusours autres, estretz du lignage troyene, e nul n'y habita ces parties, estre tré lede gentz, grantz geans, dount lur roy fust apelee Geomagog. Cyl oyerent de la venue Brutus e se mistrent en la voye a l'encountre e al dreyn furent tous lé geants occyz, estre Geomagog, qe fust mervilous grant. Coryneus, le vaylant, dist que volenters luttreyt ou Geomagog, pur esprover la force Geomagog. Le geant, a la premere venue, enbraça Coryneus si estroitement qu'il debrusa ces trois costees. Coryneus se coroça, si fery Geomagog del pee qu'il chay de un grant roche en la mer, e si fust Geomagog neyé ; e un espirit del deble meyntenant entra le cors Geomagog e vynt en ces parties e defendy le pays longement, qe unque Bretoun n'osa habiter ; e longement après, le roy Bran fitz Donwal fist refere la cité, redresser les murs e afermer les grantz fossés, e fesoit Burgh e Grant Marche, e le deble vint de nuyt e oost quanqe leynz fust, e pus en sa unqe nul n'y habita. »

Le roy s'enmervyla mout e Payn Peverel, le fier e hardy chevaler, cosyn le roy, ad tot escoté e dit qu'il asayereit cele nuyt la merveille. Payn Peverel se arma mout richement e prist son escu lusant d'or ou une croys de asur endentee e quinze chevalers e autres sergauntz, e s'en ala le plus halt paloys e se herberga yleqe e, quant fust anuytee, le temps devynt si lede, neir, obscur, e tiede tempeste de foudre e tonayre qe tous iceux qe la furent devyndrent si enpourys qu'il ne purreint pur pour mover pié ne meyn, eynz cocherent a la terre comme mortz. Payn, le fer, fust mout poury, | mes s'enfia en Dieu, de qy yl porta le [34] signe de la croys, e vist qe nul aye n'avereit si de Dieu noun ; se cocha a la terre e ou bone devocioun pria Dieu e sa mere Marie que ly defendreynt cele nuyt del poer de deble. A peyne out fyny sa preere, vynt le malfee en semblance Geomagog e si porta un grant masue en sa mayn e de sa bouche geta fu e fumee, dont la ville fust tot enluminee. Payn avoit bon espeir en Dieu e se seigna de la croys e hardiement asayly le malfee. Le malfee hauça sa mace, si vodra feryr Payn ;

mes yl guenchy le coup. Le deble, par vertu de la croys, fust tut enpoury e perdy force, quar yl ne poeit adeser la croys. Payn le pursywy, qu'il ly fery de l'espee, qu'il comença crier e chey tut plat a terre e se rendy mat. « Chevaler, fet yl, vous m'avéz vencu ne mie par force de vous meismes, eynz avéz par vertue de la croys qe vous portéz. — Dy moy, fet Payn, vous, lede creature, quy vous estes e quey fetes en ceste ville. Je te conjur en le noun Dieu e de seynte croys. » Le malfee comença counter de mot en autre come le Breton out eynz dit, e si dit qe, quant Geomagog fust mort e maintenaunt il rendy l'alme a Belzebub, lur prince, si entra le cors Geomagog e vynt en semblance de ly en ces parties, pur garder le grant tresor qe Geomagog aveit amassé e mys en une mesone qe yl avoit fet desouth la terre en cele ville. Payn ly demaunda quele creature yl fust e il ly dist qe jadys fust aungle, mes or est par son forfet espirit de deble. « Quel tresour, fet Payn, avoit Geomagog ? — Buefs, vaches, cygnes, poons, chevals e totes autres bestes, tregettés de fyn or ; e si avoit un tor d'or, qe par my moy fust son devyn, e en ly fust tote sa creance, e il ly dist ces aventures qe furent a venir ; e deus foyth par an soleynt les geantz honorer lur dieu, ce fust le tor d'or, dont tant or est amassee q'a merveille ; e pus avynt qe tote ceste countré fust apellee la Blaunche Launde, e moy e mes compaignons enclosames la launde de haut mur e parfounde fosse, yssi qe nul entré fust si noun par my ceste ville, qe pleyne fust de mavoys espiritz, e en la lande feymes jostes e tornoyementz e plusours vindrent pur vere les merveilles, mes unqe nul n'eschapa. A taunt vynt un disciple Jesu qe apelé fust Augustyn, e par sa predicacion nous toly plusors des nos e baptiza gent e fist une chapele en son noun, dount grant encombrer nous avynt. — Ore me dirréz, fet Payn, ou est le tresour dont avéz dit. — Vassal, fait il, ne parlés mes de ce, quar yl destyne as autres ; mes vous serréz seignour de tut cet honour e ceux qe vendrount aprés vous le tendrount ou grant estrif e guere.

E de ta maunche issera [v°]
Ly loup qe merveilles fra,
Q'avera les dentz aguz,
E de tous serra conuz
E serra si fort e fer
Qu'il enchacera le sengler
Hors de la Blaunche Launde,
Tant avera vertue graunde.
Ly leopard le loup sywera
E de sa cowe le manacera.
Ly loup lerra boys e montz,
En ewe meindra ou peschons
E tresnoera la mer ;
Environera cet ydle enter.
Au dreyn veyndra le leopart
Par son engyn e par son art.
Pus en cestee lande vendra ;
En ewe son recet tendra. »

Qant l'espirit ou dit ce, s'en issit du corps e tiel puour

avynt dont Payn quida devyer, e, quant passé fust, la nuyt enclarcyst e le temps enbely e les chevalers e les autres, q'enpourys furent, s'enveylerent e mout s'enmervelerent de l'aventure qe lur aveit avenu. L'endemeyn fust la chose mostré al roy e a tot l'ost, e le roy fist porter le cors Geomagog e gittre en un parfond put dehors la ville, e fist garder la mace e la mostra longement a plusours pur la merveille q'ele fust si graunde.

Ly roy s'en vet de yleqe e vent en une contré joygnant a la Blanche Launde, qe jadys fust a un Bretoun, Meredus fitz Beledyns, e delees si est un chastelet q'est apellee Arbre Oswald, mes or est apelee Osewaldestré. Ly roy apela un chevaler, Aleyn fitz Flael, e ly dona le chastelet ou tut l'onour qe apent, e de cely Aleyn vindrent tous les grantz seignours d'Engletere qe ount le sournoun de fitz Aleyn. Pus cesti Aleyn fist enlarger mout le chastel.

Ly roys passa la ryvere de Salverne e vist le pays entour bon e bel, e apela un chevaler qe fust nee en Loreygne, en la cité de Mees, qe mout fust renomee de force e de bealté e de corteysie, e sa enseigne fust de un samyt vermayl a deus poons d'or, e ly dona Alburburs ou tot l'onour q'apent. E issi dona ly roys a ces meillour chevalers e plus afiéz totes les terres, chaces e fees de Cestre desqe a Brustut.

Ly roy apela Payn Peverel e ly dona la Blaunche Launde e foreste, guastyne, chaces e tut le pays, e si aveit une mote environee de marreis e de ewe, e la fyst Payn un tour bel e fort, e fust la mote apelee

Wayburs e si court une ryvere delees, qe de Payn Peverel tint le noun e si est apelee Peverel, mes pus fust apellee Pevereyes. Le roy, quant issi aveyt establie ces terres, retorna a Londres e de Loundres a Normandie e yleqe morust. Pus reigna en Engletere Willam le rous, son fitz, e aprés | ly Henri, son puysné frere, [35] qe pus detint Robert Courtheose, son eyné frere, en prisone tote sa vye ; l'encheson ne vous serra ore dyte.

Puys avynt qe Payn Peverel morust en son chastel en le Peeke, e Willam Peverel, le fitz sa soere, reçust e avoit tot l'eritage Payn. Pus cely Willam par coup d'espee conquist tote la terre de Morelas tan qe a l'ewe de Dee, Ellesmere, Maylour e Nauhendon. Cesty Willam fist en la Blanche Launde un tour e le apela Blaunchetour e la ville q'est entour est uncore apelee Blauncheville, en englois Whytyntone. En Ellesmere fist un autre tour e sur l'ewe de Keyroc un autre. Willam avoit deus beles neces, Eleyne, la eynsné, e Melette, la puysné, e si maria Eleyne al fitz Aleyn e dona ou ly en mariage tote la terre de Morlas desqe Keyroc. Melette d'assez fust la plus bele e pur sa bealté fust mout desirree, mes nul ne ly vynt a gree. Willam la enresona e pria qe ele se descovereit a ly s'yl y avoit en la terre nul chevaler qe ele voleit prendre a baroun, e si nul tel y fust, e yl la eydereit a son poer. « Certes, sire, fet ele, yl n'y a chevaler en tot le mound qe je prendroy pur richesse e pur honour de terres ; mes, si je ja mes nul averoy, yl serra bel, corteys e bien apris e le plus vaylant de son corps de tote la cristieneté. De la richesse ne fas je force, quar je le pus bien dire qe cely est riche qe ad qe son cuer desire. » Willam, quant ce oy, surryst e dist ; « Bele nece, bien avéz dit e je vous ayderay a mon poer de tel seignour purchacer e si vous dorray Blanchetour e quanqe apent ou tut l'onour, quar femme que ad terre en fee serra d'asséz plus desirree. » Lors fist Willam une crié en meynte terre, en meynte cité, « qe tous les chevalers de valours qe torneier veilent pur amours a la feste Seint Michel vienent a Chastiel Peverel, q'est en la Peeke, e le chevaler qe mieux fra e le tornoy venkera avera l'amour Melette de la Blaunche Tour e sire serra e seignour de Blancheville e de tot l'onour. » Ceste criee fust tost depubliee par plusors terres. Guaryn de Meez, le vaylaunt, ne avoit femme ne enfant, mes manda a Johan, duc de la Petite Bretaigne, tot l'affere de ceste crié e ly pria ayde e socours a cele bosoigne. Lu duc fust molt vaylant. Si avoit dys fitz chevalers, les plus beals e plus vaylantz de corps qe furent en tote la Petite Bretaygne, Roger, le eyné, Howel, Audwyn, Urien, Thebaud, Bertrem, Amys, Gwychard, | [v°] Gyrard e Guy. Le duc maunda ces dys fitz e cent chevalers ou eux, bien mountés e de totes apparillementz richement aprestéz, a son cosyn, Garyn de Mees, e yl les resçust a grant honour. Eneas le fitz le roy d'Escoce vint ou le conte de Morref e les Brutz, Donbars, Umfrevilles e deus centz chevalers. Yweyn, le prince de Gales, vint a deus centz escus, le duc de Borgoyne ou trois centz chevalers. Ydromor fitz le rey de Galewey vint ou cent e cinquante chevalers. Les chevalers d'Engletere sont nonbréz a treis centz. Guaryn de Mees e sa compaignie se herbigerent en tentes, faitz en la foreste delees ou le tornoiement serroit, bien vestuz tot a volenté de un samit vermayl, e les destrés furent covertz tot a la terre au fuer de guere. Guaryn meismes, pur estre desconuz des autres, avoyt un crest de or. Lors resonerent lé tabours, trompes, busynes, corns sarazynes, qe les valeyes rebonderent de le soun. Lors comença le tornoy dur e fort. La poeit um vere chevalers reverseez des destrers e meynte dure coupe donnee e meynte colee.

La damoisele e plusours dames furent monteez une tour e virent la bele assemblé de chevalers e coment chescun se countynt. A descrivre les coupes e continances je n'ay cure, mes Guaryn de Meez e sa compaignie furent le jour lé meylours, plus beals e plus vaylauntz tenuz, e sur tous si fust Garyn le plus preysé en tous poyntz. Avynt qu'il avespry, e le tornoy pur la nuyt ne purra outre durer. Les chevalers s'en alerent a lur ostels ; Guarin e sa compaigne se tornerent privément a lur tentes en la foreste e se desarmerent e grant joie demenerent. E nul des autres grant seignours ne savoient ou yl devyndrent ne qy yl furent, tant se countindrent coyement, mes de tous furent desconuz.

L'endemeyn crié fust par tot une joste. A taunt vynt Garin a jostes, vestu de foyle de ere tot vert, hors de la foreste, comme cely qe fust aventurous e tot desconu. Quant le duc de Borgoyne l'ad veu, meyntenant ly corust sur e ly fery grant coup de une lance. Guaryn le refery, qu'il tribucha de le chyval en my la place, pus un autre, pus le tierce. Melette de la Blanche Tour ly manda son gant e pria qu'il la defendist. Yl dit que si freit a son poer, e si se repeira a la foreste e se arma de ces armes vermails e vint ou ces compaignons en le champ e si venqui le tornoy e purprist le champ pur totes les gentz qe la vyndrent, dount jugement se prist entre tous les grantz seignours e herrautz e disours, qe Guaryn, qe fust le chevaler aventurous, a resoun avereit le pris del tornoy e Melette de la Blaunche Tour, e yl a grant joie la prist e la | dammoysele ly. Si maunderent le evesque [36] de la countré e, veaunt touz, le ad esposé. Willam Peverel tint une feste mout riche a les esposayles e, quant la feste fust departy, Guaryn prist sa mulier e sa compagnie, e s'en alerent a Blauncheville e demorerent yleqe a grant joie quaraunte jours. Donqe repeyrerent les dys freres ou lur cent chevalers a Bretaigne le Menure ; mes Gwy, le puysné frere, remist en Engletere e conquist par coup d'espee meyntes beles terres e si fust apelee Gwy le Estraunge e de ly vindrent tous les grantz seignours de Engletere qe ount le sournoun de Estraunge.

Gwaryn de Meez tint longement a grant honour la seignorie de Blaunchevile ; mes Yervard le fitz Yweyn, prince de Gales, ly fesoit grant damage, ocist ces gentz, destruit ces terres. A tant asistrent jour de bataylle ou meynt prodhome perdy la vye. Al dreyn torna la perte a Yervard, quar yl perdy plusours de ces gentz e guerpist le champ e s'en fuist a deshonour. Lors mist Guarin un chevaler mout fort e vaylant, Gwy le fitz Candelou de Porkyntone, a garder l'onour de Blauncheville e ces autres terres.

Avynt qe la dame enseynta. Quant fust delyvres a l'houre qe Dieu ordyna, apelerent l'enfaunt Fouke. E quant l'enfant fust de set anz, si le manderent a Joce de Dynan pur aprendre e noryr, quar Joce fust chevaler de bone aprise. Joce le resçust a grant honour e grant cherté, le norry en ces chambres ou ces enfauntz, quar yl avoit deux fyles, dont la puysné fust de meyme l'age qe Fouke fust e si fust apelee Hawyse ; la eynsnee fust apelee Sibylle. A ycel temps grant descord e guere fust entre sire Joce de Dynan e sire Water de Lacy, qe donqe sojorna mout a Ewyas, pur quel descord meint bon chevaler e meynt prodhome perdy la vye, quar chescun corust sur autre, arderent lur terres, preierent e robberent lur gentz, e meinte autre damage fyrent. Quant Fouke fust de dys huit ans, molt par fust beals, fortz e grantz.

Un jour de esté sire Joce leva matin, si mounta un tour en my son chastiel pur survere le pais e regarda vers la montaigne q'est apelee Whyteclyf, e vist les champs coverts de chevalers, esquiers, serjauntz e vadlets, les uns armés sur lur destrés, les uns a pié, e oyt les chyvals hynnir e vist les healmes relusantz. Entre queux vist yl la banere sire Water de Lacy, reflambeaunt novel d'or ou un fes de goules par my. Lors escrie ces chevalers e les comanda armer e mounter lur destrers, e prendre lur arblasters e lur archers, e aler al pount desouth la vile de Dynan e gar | der le pount e le gué, qe nul n'y passast. Sire Water e sa gent quiderent passer seurement ; mes les gentz sire Joce les unt russhé arere e plusours d'ambepartz sunt naufréz e tuéz. A tant vynt sire Joce e sa banere tote blaunche d'argent a trois lyons d'asur passauntz coronéz d'or, ou ly synk cent, qe chevalers, qe serjantz, a chyval e a pee, estre les borgoys e lur serjantz, qe bons furent. Donqe a grant force passa Joce le pount e hurterent les ostz corps à cors. Joce fery Godebrand, qe porta la banere de Lacy, par my le cors de une launce ; donqe perdy le Lacy sa banere. A tant la gent s'entreferirent e plusours sunt d'ambepartz occis ; mes al Lacy avynt le pys, quar yl s'en vet fuaunt e desconfitz, e prent sa voie delees la ryvere de Temede. La dame ou ces filles e ces autre damiseles fust montee une tour, si unt veu tot l'estour e prient Dieu devoutement qu'il salve lur seignour e ces gentz de anuy e de encombrementz. Joce de Dynan conust Water de Lacy par ces armes e le vist fuaunt tout soul, quar yl aveit grant pour de perdre la vie. Si fert son destrer des esperouns e passa mountz e vals, e en poy de oure ad ateynt le Lacy en une valee desouth le boys vers Champ Geneste ; si ly comaunda retorner. Le Lacy nully ne vist si sire Joce noun, e se retorna mult hardiement e s'entreferirent durement, quar nul n'out cure de autre esparnier. Grantz coupes e fortz s'entredonerent. Joce sembla qe la medlé dura trop longement, hausa l'espee de maltalent ; si fery le Lacy a l'escu qe tot le porfendy par my e ledement le naufra par my le bras senestre. Joce l'assaut egrement e a poy qu'il ne le ust pris, quant sire Godard de Bruyz e deus chevalers ou ly vindrent socoure le Lacy. Sire Godard e ces compaignons mout hardiement asaylent sire Joce de tote partz e yl se defent de eux come lyon.

La dame e ces fyles en la tour veient lur seignour si demené q'a poyne pussent ester : crient, palment e grant duel demeynent, quar ja mes ne quident ver lur seignour en vie. Fouke le fitz Waryn fust remys en le chastel, quar yl ne fust qe dis huit anz. Si oy le cry en la tour, monta hastivement, si vist sa dame e tous les autres plouré. Yl s'en ala a Hawyse e demaunda quey ly fust e pur quoy fesoit si mourne chere. « Tes tey, fet ele, poy resembles tu ton pere q'est si hardy e si fort, e vous estes coward e tous jours | [37] serréz. Ne veiéz vous la mon seignour, qe grantment vous ad chery e suefment norry, est en peryl de mort pur defaute de ayde ? E vous, maveys, aléz sus e jus seyntz, e ne donéz ja garde. » Le vadlet, pur la repreofe qe ele avoit dyt, tot enrouy de yre e de maltalent, e s'envala meintenant de la tour e trova en la sale un vieil roynous haubert e le vesty meyntenant a mieux qu'il savoit e prist une grose hasche denesche en sa meyn, si vynt a une estable qe ert delees la posterne par ount home vet vers la ryvere, e trova la un somer. Yl mounta meyntenant le somer e s'en issist par la posterne e passa bientost la ryvere e vynt al champ ou son seignour fust abatu de son destrer e en poynt de estre ocys, s'yl ne ust survenu. Fouke aveit un healme lede e ly covry a poy les espaudles e, a sa premere venue, fery Godard de Bruz, qe aveyt saysy son seignour, de sa hasche e ly coupa l'eschyne del dors en deus meytés e remounta son seignour. Fouke se torna vers sire André dé Preez, si ly dona de sa hache en le healme de blanc asser qe tut le purfendy desqe a dentz. Sire Ernalt de Lyls veit bien qu'il ne puet en nulle manere eschaper, quar yl fust forement naufré, e se rendy a sire Joce. Le Lacy se defendy, mes en poy de oure fust seysy.

Ore est sire Water de Lacy pris e sire Ernalt de Lyls, e sunt menéz outre la ryvere vers le chastel de Dynan. Donqe parla sire Joce : « Amys borgeis, mout estes fort e vaylant, e, si vous ne usséz esté, je usse esté pieça mortz. Je vous su mout tenuz e serroy pur tous jours. Vous demorréz ou moy e je ne vous faudrey ja mes. » Joce quida qu'il fust borgeis, quar borgeys relement ont vestu les armes e ceus qe l'enfant avoit furent roynous e ledes. Donqe respount l'enfant e dit : « Sire, je ne sui nul borgeys e ne me conuséz poynt ? Je su Fouke, vostre norry. — Bel fitz, fet il, beneit seyt le temps qe je vous unqe nory, quar ja mes son travayl ne perdra qe pur prodhome fra. » A tant amenerent sire Water e sire Ernalt en une tour qe est apelee Pendovre, e yleqe fist mediciner lur playes e garder a grant honour, e la dame e ces fyles e lur damoyseles chescun jour conforterent e solacerent sire Water e sire Ernalt de Lyls.

Sir Ernald fust jevene bachiler, e bel e grantment [v°] fust suppris de l'amour Marioun de la Bruere, une mout gentile damoisele, e si fust la mestre chaunbrere la dame del chastiel de Dynan. Sire Ernald e la damoisele entreparlerent sovent, quar ele soleit chescun jour venir en la tour ou sa dame de conforter sire Water de Lacy e sire Ernald. Avynt qe sire Ernald, quant veyt temps, aresona la damoysele e dit qe ele fust la chose qu'il plus ama e qe tant est suppris de s'amour qe repos ne puet avoir jour ne nuyt, si ele ne se asente a ly, quar ele ly puet socours fere de tous ces anuys, e, si ele le voleyt fere, yl la freit seureté a sa volenté demeyne qe ja mes nulle autre n'amera sy ly noun, e, al plus tost qu'il serreit delyvres, yl la prendreit a fenme. La damoisele oy la bele promesse e ly graunta fere sa volenté en totes choses e prist seureté de ly qu'il la tendreit covenaunt de sa promesse. La damoisele les promit qe ele les eydereit en tous poyntz privément qu'il fussent delyvres de prisone, e prist towayles e lynceles, si porta en la tour e les fist coutre ensemble e par els avala sire Water e sire Ernalt de la tour, e lur pria qu'il tenysent lur lealté e la promesse qe eux ly aveynt promys, e yl la dysent qe lealment se contendreynt a ly, sauntz fauser nul covenaunt, e la comanderent a Dieu.

Sire Water e sire Ernalt tot souls alerent lur chemyn a pee e a l'aube de jour vindrent a Ewyas, a le chastiel sire Water de Lacy, e, quant les gentz virent lur seignour seyn e heyté revenuz, ne fet a demaunder si lees furent, quar yl le quiderent aver perdus pur tous jours. Joce de Dynan leva matin e s'en ala a sa chapele dedenz son chastel, qe fust fet e dedié en l'onour de la Magdaleyne, dount le jour de la dedicattcion est le jour seynt Cyryac, e seissante dis jours de pardoun. Si oy le service Dieu e, quant avoit ce fait, mounta le plus halt tour q'est en la terre bayle del chastel, qe or est apelé de plusours Mortemer ; e pur cele resoun ad le noun de Mortemer qe uns des Mortemers fust leynz bone piece en garde. Joce survist le pays ; rien ne vist si bien noun, descendy de la tour, si fist corner a laver e si maunda pur son prison, sire Water, quar tant honour ly feseit qe nul jour ne vodra laver ne manger eynz ly. Les prisouns furent quis par tot : ce fust nyent, quar eschapéz erent. Sire Joce ne fist nul semblant qu'il se repenty de lur aler, ne ja garde ne dona.

Sire Water pensa qu'il se vengereit ou morreit. Maunda pur ces gentz d'Irlaunde e prist souders, chevalers e autres, issi qe fort estour e dur assaut fust entre sire Water e sire Joce. Les countes e barons d'Engletere virent la grant mortalité e damage qe fust avenu e uncore entre | eux de jour en jour avynt ; [38] pristrent un jour d'amour entre sire Water e Joce e yleoqe furent totes grevances redresséz e les parties acordeez, e devant les grantz seignours furent entrebayséz.

Joce de Dynan maunda ces letres a Waryn de Mees e Melette, sa bone dame, le piere Fouke l'enfaunt. Fouke fust auke brun e pur ce fust pus apelé de plusours Fouke le Brun. Warin e Melette e grantz gentz vindrent al chastel de Dynan e furent resçu ileqe a grant honour e joie, e se enveiserent une symaigne.

Joce molt corteisement parla a Guarin e ly dit : « Sire, fet yl, vous avéz seynz un fitz qe je vous ay nory. J'espoir qu'il serra prodhome e vaylant e serra vostre heir, sy yl vous survist, e je ay deus files qe sunt mes heyrs, e, si vous plust, vodrey je qe nous fussoms entrealièz par mariage, e donqe ne doteroms gueres nul grant seignour d'Engletere, qe nostre partie ne serreit meintenu a dreit e a resoun, e, si vous le voléz graunter, je vueil qe Fouke le Brun espouse Hawyse, ma puysné file, e qu'il seit heir de la meyté de tote ma terre. » Guarin ly mercia molt de soun beal profre e dit qu'il le grantereit tot a sa volenté demeyne. L'endemayn maunderent a Herford pur le evesque, Robert de. . . Le esvesque vint e a grant honour fist les esposailles. Joce tint grant feste quinze jours.

Quant la feste fust departy, sire Joce e sire Guarin e lur meynés s'en alerent vers Hertlande, quar yleqe vodreint sojorner une piece. Marion de la Bruere se feynist malade e se cocha en son lyt e dit qe si malade fust qe ele ne se poeit mover si noun a grant peyne, e demora al chastel de Dynan. Joce comanda qe ele fust guardé tot a talent, e, pur doute de le Lacy e autres gentz, soudea trente chevalers e seissante dis serjantz e vadletz, e les bayla son chastel a garder tan qe a son repeyr en le pays. Quant Joce fust passé, l'endemein manda Marion son message a sire Ernalt de Lyls e ly pria, pur la grant amisté qe entr'ex fust, qu'il n'obliast les covenauntz qe entre eux sunt affermez e qu'il viegne hastivement parler ou ly a le chastel de Dynan, quar le seignour e la dame e la force de lur meynage sunt vers Hertlande, e qu'il vienge a meisme le lu ou dreyn s'en ala de le chastel. Quant sire Ernalt avoit oy le mandement sa amie, meyntenant remanda meisme le messager e pria pur s'amour qe ele mesurast la hautesse de la fenestre par ount yl issist dreyn de le chastel, e quele gentz e quantz e quele meisnie lur seignour avoit lessé derere ly si remandast par ledit messager. La damoisele, qe nul suspecioun de tresoun n'aveit, prist un fyl de say e le vala par my la fenestre desqe la terre e tot l'estre del chastiel maunda a sire Ernalt. Donqe remanda sire Ernalt a sa amie qe le quarte jour | [v°] avant houre de mie nuyt serreit a ly, a meisme la fenestre par ont yl passa, e la pria qe ele ly atendist yleqe.

Sire Ernalt de Lyls fist fere une eschiele de quyr de meïsme la longure de le fyl de saye qe s'amie ly maunda. Donqe s'en ala sire Ernalt a soun seignour, sire Water de Lacy, e ly counta qe Fouke le fitz Waryn de Mees avoit esposé Hawyse la fille sire Joce de Dynan, e qe sire Waryn e sire Joce aveyent lessé garnesture en le chastel de Dynan e furent aléz vers Hertlande pur quere souders e pur assembler yleqe lur gentz e pur auner host e pueple santz nombre. « E, quant tut l'ost serra assemblé, meyntenaunt vendront a Ewyas e ardrount e prendront vos terres, e, si yl poent vostre corps prendre, vous serréz detrenché en menu pieces, e vous e les vos desherytéz pur tous jours, e ce me mand cele qe vous bien savéz, quar ele siet e ad oy la verité. » Quant sire Water entendy la novele, devynt tut pal pur angoise e dit :

« Certes, je ne pus crere qe sire Joce me freit tiele deceyte, depus qe nous sumes acordeez e, veantz plusours, entrebayseez, e je harrey mout qe nos piers diseynt qe le acord serreit enfreynt endreit de moy, e sire Joce est tenuz leal chevaler. — Sire, fet sire Ernalt, vous estes mon seignour ; je vous garny de vostre damage, quar je say la verité par cele qe ad oy le consayl, e ne ditez mie autre foyz qe je savoy vostre damage e ne le vous vodray garnyr ne qe je vous ay menty ma fey. » Sire Water devynt molt pensyf e ne savoit nul bon consayl sur cele bosoigne. A tant dit : « Sire Ernalt, qei me loéz vous de fere ? — Sire, fet yl, creéz mon consayl, si frez bien. Je irroy meismes ou ma compagnie, si prendroy par engyn le chastiel de Dynan, e, quant sire Joce avera sayly de soun recet, il vous grevera le meynz e se retrerra de sa pensee, e par tant poéz estre vengé de ly de le hounte qu'il nous ad sovent fait ; e, sire, penséz qe, seit ce a droit ou a tort, home se deit de son enymy venger. » Sire Water del tot se mist en le consayl sire Ernalt e quida qu'il ly aveit dit veir de quanqu'il avoit dyt ; mes yl menti come faus chevaler.

Sire Ernalt apparilla sa compaignie, qe grand fust, quar yl avoit en sa compagnie, qe chevalers, esquiers e serjauntz, plus qe myl, e vynt al chastiel de Dynan par nuyt, e fist partie de sa compagnie demorer en le boys pres de Whyteclyf e partie enbucher desouth le chastiel en les gardyns. La nuyt fust mout obscure, quar yl ne furent aparçu de gueyte ne de autre. Sire Ernalt prist un esquier qe porta la eschiele de quyr, e s'en alerent a la fenestre ou Marion les attent, e, quant ele les vist, unqe ne fust si lee. Si en vala jus une corde e traist sus la eschiele de quyr, si la ferma a [39] un kernel de le mur, e Ernalt monta bien e legerement la tour e prist sa amye entre ces bras e la beysa e fyrent grant joie e s'en alerent en une autre chambre e soperent e pus alerent cochier e si lesserent la eschiele pendre. L'esquier qe la porta ala por les chevalers e la grant compaignie qe furent enbuchéz en le jardyn le seygnour e aylours, e les amena a l'eschiele, e cent homes, bien armés, mounterent par l'eschiele de quyr e s'en avalerent de la tour de Pendovre e s'en alerent par le mur derere la chapele e troverent le geyte somoilant, quar yl devynt tut pesant contre la mort, e ly pristrent meyntenant e ly vodreynt aver ruee jus de son tour en la parfonde fossé, e yl cria mercy e pria qu'il ly vodreynt soffryr sifler une note avaunt qu'il morust, e yl ly granterent. Mes yl le fist pur ce qe les chevalers de leynz se devereynt garnyr, mes ce fust tut pur nient. Tant come il sifla, tut le plus de les chevalers e serjauntz furent decoupees. Brayerent e crierent en lur lytz qe Dieus poeit aver pité, mes lé compaignons sire Ernalt furent santz pieté, quar quanqe leynz fust mistrent a lede mort, e meynte lyncele, qe fust blanche a seyr, tot fust enrouy de sang. Al dreyn ruerent le gueyte en la parfonde fossé e rompi le col.

Marion de la Bruere cocha deleez son amy, sire Ernalt, e rien savoit de la treson qe sire Ernalt avoit fet. Si oy grant noise en le chastiel, leva del lit e regarda jus en le chastiel ; oyt la noyse e le cry dé naufréz, e vist chevalers armeez e les blanks healmes e haubercz. Meyntenant aparçust qe sire Ernalt ly avoit desçu e trahi ; si comença mout tendrement a plouré e dit pytousement : « A ! las, fet ele, qe unqe nasquy de mere, quar par mon forfet ad mon seignour sire Joce, qe suef me norry, perdu son chastel e sa bone gent, e, si je ne usse esté, rien ne fust perdu ! A ! las, qe je unqe cru cest chevaler, quar par son losenge m'ad yl desçu e mon seygnour, de cuy plus me est ! » Marion, tote ploraunte, saka l'espeye sire Ernalt e dit : « Sire chevaler, esveyllez vous, quar estrange compaignie avéz amené en le chastiel mon seignour santz congié. Mes qe vous, sire, e vostre esquier fusséz par moy herbygéz, les autres, qe seyntz par vous sunt, ne furent mes, e, depus qe vous me avéz desçu, vous ne me poéz a reson blamer, si je vous renk service aprés vostre desert. Mes ja mes ne vous avanteréz a nulle amye qe vous averéz qe par ma deceyte avéz conquis le chastiel de Dynan e le pays. » Le chevaler se dresça en estant. Marion de la espeye qe ele tynt trete en sa mayn fery le chevaler par my le cors e si morust le chevaler meyntenant. Marion savoit bien qe, si ele fust prise, ele serreit lyvré a male | [v°] mort, e ne savoit qe fere, mes se lessa cheier a une fenestre devers Lyneye, si rompy le col.

Les chevalers qe furent en le chastel defermerent les portes e s'en alerent en la vyle e overyrent la porte de Dynan vers la ryvere e fyrent totes lur gentz entrer. Si mistrent au fyn de chescune rywe en la vyle grant nombre de gentz e fyrent esprendre la vile de fu e en chescune rywe fyrent deus feus. Les borgeys e les serjauntz de la vyle, quant vyrent le feu, leverent des lytz, les uns nuz, les uns vestuz, e ne saveint qe fere, quar tut furent a poy forsenéz. Les chevalers e les esquiers de Lacy les corurent sur, si les decouperent e ocistrent espessement. Les borgois ne se poeynt ne saveynt defendre, quar tous qe trovéz furent furent detrenchéz ou ars en le feu. Les damoiseles alerent par les veneles, vyrent lur pieres e lur freres gisir, detrenchéz, par les rywes, s'engenulerent, prierent mercy e pardon de vye. Ce fust pur nient, a ce qe l'estoyre dyt : homes, femmes e enfauntz, jeovenes e grantz, tous furent ocys ou de arme ou de feu. A taunt vynt le jour ; donqe manderent a lur seignour qu'il ou tot son poer venist al chastel de Dynan, e si fist yl e fist mettre sa banere sur le Pendovre en signe de victorie, qu'il aveit conquis ce qu'il eyns fust en prison mys ; mes la vile, e quanqe fust leyns, fust arse a neyrs charbouns.

Quant la novele vynt a sire Joce e Guarin de Meez, mout dolent, triste e morne furent. Si manderent par tot a lur parentz, amys e a lur gentz demeyne, issi que yl aveient dedenz une moys set myl de bone gent bien apparilléz, e vindrent a Chastel Key, qu'est fermé desuz un tertre, une lywe de voye de Dynan. Mes Chastel Key fust viel a ycel houre e les portez furent porrys, quar nulle gent ne le aveyent habitee cent ans avaunt, quar Key, le seneschal monsire Arthur le roy, le avoit fet e tot le pays a ly fust apendant e le noun de ly uncore tient, quar la gent du pays le apelent Keyenhom. Joce e Garyn e Fouke le Brun ou lur gent l'endemeyn vont vers le chastiel de Dynan, si le assailent mout egrement de tote partz. Sire Water e ces chevalers defendent mout hardiement les kernels e les murs, e pus sire Water e ces Irreis s'en issirent de le chastel e si rendirent fort estour a ceux qe dehors furent. Joce, Garin e Fouke les assaylent de totes partz e les ocient espessement. Les Irreis gisent, detrenchéz, par lé pres e jardynz, issi qe a sire Water e les suens avynt le pys. Yl e sa gent se retreyent e entrerent le chastiel e defendent les murs e, si yl ussent demoree dehors, bien tost ussent oy noveles mout dures. | Sire Joce e sire Warin se retornerent a lur [40] herberges e se desarmerent e, quant urent mangee, s'entresolacerent. L'endemeyn asaylirent le chastel mout egrement de totes partz ; mes ne le purreyent prendre e quanqu'il purreyent encountrer dehors les detrencherent. Ceste sege dura longement. Pus aprés avynt qe, par le assent de un roy d'Engleterre, furent les portes de le chastel, qe treblees erent, ars e espris par feu, qe fust illumee de bacons e de grece, e la tour sur la porte ars dedenz e le halt tour q'est en le tierce bayl de chastel, qe fort e bien ovree fust qe home ne saveit a cel oure nul plus fort ne meylour, fust de grant partie abatu e cele bayle a poy tote destruyt.

Sire Waryn devynt malades e prist congié de sire Joce e s'en ala a Albreburs soulement ou un esquier e morust. Fochun le Brun, quant son pere fust mort, vynt a Albreburs e prist homage e fealté de totes les gentz qe tindrent de son pere, e prist congié de Melette, sa mere, e Hawyse, sa femme, e revynt a sire Joce e ly counta coment fust avenu de son pere ; dount Joce fust moult dolent de la novele.

Sire Water fust dolent e irascu qu'il avoit perdu sa gent, e mout dota de estre mat e vencu, e se purpensa mout estroytement. Si maunda une lettre a Yervard Droyndoun, prince de Gales, come a son seignour, amy e parent, e li counta par letre qe sire Willam Peverel, qe tint Maylour e Ellesmere, est mortz, e dit qe ceus terres sunt de sa seignorie, aportenauntz a Powys, e sire Willam les tint de le doun le rey d'Engletere a tort e le roy les seysera en sa meyn : « E, si issi fait, il vous serra mout mal veysyn, quar il ne vous ayme poynt, e pur ce, sire, venéz chalenger vostre droit e, si vous plest, me vueilléz socours maunder, quar je su durement assegee en le chastel de Dynan. »

Yervard, quant oy avoit la novele, fist assembler Galeys, Escoteys, Yrreys, plus qe vynt myle, e se hasta vers la marche, ardy les vyles, robba lé gentz e tant avoit grant gent qe le pays ne les purra contreester. Joce fust cointe e aparçust la venue Yarvard, e yl e sa gent e Fouke se armerent e hardiement assaylerent Roger de Pouwys e Jonas, son frere, qe vyndrent en la vantgarde de l'ost Yervard, e ocistrent plusours de lur. Roger e Jonas ne poyént durer l'estour e se retrestrent arere. A taunt vynt Yervard armee, dont les armes furent de or e de goules quartylé e en chescun quarter un leopart, e assayly sire Joce e Fouke.

E yl se defendyrent longement e ocistrent plusours de lur gent ; mes yl avoient tant gent qe sire Joce ne purra meyntenir l'estour e se retorna vers Chastiel Key, a une lywe de Dynan. Mes molt ly mesavynt, quar yl avoit perduz plusours de sa gent. Yervard e ly Lacy, qe donqe lee fust, pursiwy sire Joce e Fouke e les assistrent en le chastelet e les as|saylerent mout [v°] egrement. Joce, Fouke e lur chevalers treis jours, santz beyvre ou manger, defenderent lur feble e viel chastelet contre tut l'ost. Al quart jour dit sire Joce qe greyndre honour serreit pur eux de lessir le chastel e morir en le champ a honour qe morir en le chastel de feym a desonour, e meintenant vindrent en le champ e ocistrent, a lur premer avenue, plus qe treis cent, qe chevalers, esquiers e sergantz. Yerward Droyndon e ly Lacy e lur gent asaylerent sire Joce e sa gent, e yl se defendirent come leons. Mes tant gent les assistrent entre eux qu'il ne poeynt longement durer, quar le cheval sire Joce fust ocys e yl meismes durement naufré e ces chevalers, les uns pris, lé uns ocys. Donqe pristrent sire Joce e ces chevalers, e les manderent a prison a le chastel de Dynan, la ou il soleyt estre seignour e mestre.

Quant Fouke vyst prendre e amener sire Joce, a poy qu'il ne forsena de duel e de ire ; brocha le cheval de esperons, si fery un chevaler qe le mena d'une launce par mi le cors. A tant vynt Yweyn Keveyllok, un chevaler hardy e fer, e de une launce de freyne fery Fouke par my la voyde du corps, e la launce debrusa e le tronchoun remist en le cors, mes les entrayles ne furent rien entameez. Fouke se senty fierement blessé e rien se poeit defendre ; se mist a la fute e les autres l'enchacerent deus lywes e plus, e, quant ne le poeint ateindre, se retornerent e seisirent totes les terres qe Fouke aveyt, e pristrent Gyoun le fitz Candelou de Porkyntone, qe le conestable Fouke esteit, e manderent a prison a Rothelam e ces set fitz ou ly.

Fouke grant duel fet pur son seignour. Si ad entendu qe le roy Henri est demoraunt a Gloucestre, e s'en va laundreit. Si come yl approcha la ville, si fust le roy aprés soper alaunt sey dedure en un pree. Si vist Fouke venant armé al chyval e mout poinousement chyvalchaunt, quar yl ert feble e son destrer las. « Atendoms, fet le roy, ja orroms noveles. » Fouke vint tut a chyval al rey, quar yl ne poeit descendre. Si counta le roy enterement tote la aventure. Le roy rouly les oyls mou ferement e dit qu'il se vengereit de tels malfesours en son realme e ly demanda qu'il fust e dount fust nee. Fouke counta le roy ou ert nee e de qele gent e qu'il estoit le fitz Guarin de Meez. « Beau fitz, fet le roy, vous estes bien venuz a moy, quar vous estes de mon sang, e je vous ayderoy. » Le roy fist mediciner ces playes e maunda pur Melette, sa mere, e Hawyse, sa femme, e lur autre meyné. Si les retynt ou ly e fesoit Hawyse e Melette demorer en les chambres la reygne. | Hawyse fust grosse enseinte e, quant [41]
terme vynt, fust delyvres de enfaunt, e firent apeler l'enfaunt Fouke. Cely en son temps fust mout renomee e ce fust a bon dreit, quar yl fust sauntz pier de force, hardiesse e bountee.

Quant Fouke le Brun fust seyn de sa playe, le roy Henri maunda une letre a sire Water de Lacy e comanda sur vie e menbre qu'il ly delyverast Joce de Dynan, son chevaler, e ces chevalers qu'il tient a tort en sa prisoun, e, si yl ne le fet, yl les vendra querre meymes e fra tiele justice qe tote Engletere em parlera. Quant sire Water avoyt oy le maundement, molt fust enpoury de le maundement. Si delyvera sire Joce e ces chevalers, e les vesty e monta honorablement, e les amena par la posterne devers la ryvere de Temede e outre le gwe de Temede e outre Whyteclyf, tan qu'il vyndrent en le haut chemyn ver Gloucestre. Quant sire Joce vint a Gloucestre, le roy le reçust mout leement e ly promist ley e resoun. Joce sojorna ou le roy tant come ly plust, pus prist congié e s'en ala a Lambourne e sojorna yleqe e bientost aprés morust e fust enterree yleoqe. Dieus eit merci de la alme !

Le roy Henri apela Fouke e ly fist conestable de tut son host e ly comanda tote la force de sa terre e qu'il presist gent asséz e qu'il alast en la marche, si enchasast Yervard Droyndon e son poer hors de marche. Issi fust Fouke fet mestre sur tous, quar fort ert e coragous. Le rey remist a Gloucestre, quar yl fust malengous e gueres ne poeyt traviler. Yervard avoit pris enterement tote la marche, de Cestre desqe Wyrcestre, e si avoit tous les barouns de la marche desheritee. Sire Fouke ou l'ost le roy meint fer assaut fist a Yervard e a une batayle delees Herford, a Wormeslowe, ly fist fuyr e guerpyr le champ; mes, avant, d'ambepartz furent plusours ocys. La guere fiere e dure dura entre sire Fouke e le prince quatre anz, a tant qe, a la requeste le roy de Fraunce, fust pris un jour d'amour a Saloburs entre le roy e Yervard, le prince, e furent entrebeysez e acordeez, e le prince rendy a les barons de la marche totes les terres qu'il avoit de eux prises, e al roy rendy Ellesmere ; mes Blancheville e Maylor ne vodra rendre pur nul or. « Fouke, fet le roy, depus qe vous avéz perdu Blauncheville e Maylor, en lu de ce vous doyn je Alleston e tut l'onour q'apent a tenir perdurablement. » E Fouke le mercia cherement. Le roy Henri dona a Lewys le fitz Yervard, enfant de set anz, | Jonette, sa fyle, e en mariage lur [v°] dona Ellesmere e autres terres plusours ; si mena Lewys a Loundres ou ly. Le prince Yervard ou sa meyné prist congié du roy e s'en ala vers Gales, si dona a Rogier de Powys Blaunchevile e Maylour. Rogier pus dona a Jonas, soun puysnee frere, Maylour.

Ore avéz oy coment sire Joce de Dynan, Sibille, la eyné, e Hawyse, le puisné, ces filles, furent desheritéz de le chastel e l'onour de Dynan, qe sire Water de Lacy tient a tort. Mes pus fust la ville de Dynan reparillee e refeteee, e si fust apellee Ludelowe. E si avéz oy coment sire Fouke le fitz Waryn de Meez est desherytee de Blanchevile e Maylour. Sibile, la suere eyné, fust pus mariee a Payn le fitz Johan, molt vailant chevaler.

Fouke e Hauwise tant aveient demoré ou le roy qu'il avoit synk fitz, Fouke, Willam, Phelip le Rous, Johan e Aleyn. Le roy Henri avoit quatre fitz, Henri, Richard Cuer de Lyon, Johan e Gaufrei, qe pus fust counte de Bretaygne le Menour. Henri fust coronee vivant son pere, mes il morust avant le piere, e, aprés la mort le pere, Richard, e aprés Richard, Johan, son frere, qe tote sa vie fust maveys e contrarious e envyous. Fouke, le jeovene, fust norry ou les quatre fitz Henry le roi e mout amé de tous, estre de Johan, quar yl soleit sovent medler ou Johan. Avint qe Johan e Fouke tut souls sistrent en une chambre juauntz a escheks. Johan prist le eschelker, si fery Fouke grant coupe. Fouke se senti blescé, leva le piee, si fery Johan en my le pys qe sa teste vola contre la pareye, qu'il devynt tut mat e se palmea. Fouke fust esbay, mes lee fust qe nul fust en la chambre si eux deus noun. Si frota les oryles Johan e revynt de palmesoun e s'en ala al roy, son piere, e fist une grant pleynte. « Tes tey, maveys, fet le roy, touz jours estes conteckaunt. Si Fouke nulle chose si bien noun vous fist, ce fust par vostre desert demeyne. » E apela son mestre e ly fist batre fynement e bien pur sa pleynte. Johan fust molt corocee a Fouke, quar unqe pus ne le poeit amer de cuer.

Quant le roy Henri, le pere, fust mort, donqe regna roy Richard. Si avoit molt cher Fouke le Brun le fitz Waryn pur sa lealté e fist apeler devant ly a Wyncestre lé synk fitz Fouke le Brun, Foket, Phelip le Rous, Willam, Johan e Aleyn, e lur cosyn, Baudwyn de Hodenet, e les adubba molt richement e les fist chevalers. Sire Fouke, le jeovene, e ces freres ou lur compagnie passerent la mer pur quere pris e los, e n'oierent parler de nul tornoy ne joustes qu'il ne vodra estre la, e tant fust preysé par tot qe la gent diseient communément que yl fust santz pier de forçe, bounté e hardiesse, quar yl aveit tele grace qu'il ne vynt en nul estour qu'il ne fust tenuz e renomee pur le meylour. Avynt qe Fouke le Brun, lur piere, morust. Le roy Richard maunda ces lettres | a sire Fouke, qu'il venist [42] en Engletere a receyvre ces terres, quar son piere fust mort. Fouke e ces freres furent mout dolent qe Fouke le Brun, lur bon pere, fut mort. Si revindrent a Londres, a le roy Richard, qe mout fust lee de eux, si lur rendy totes les terres dont Fouke le Brun morust seysy. Le roy se apparilla vers la Terre Seynte e comanda tote la marche a la garde sire Fouke. Le roy l'ama mout e chery pur sa lealté e pur la grant renomee qu'il aveit, e Fouke fust molt bien de le roy tote la vie le roy Richard.

Apres cui mort, Johan, le frere le roy Richart, fust coronee roy d'Engletere. Donqe maunda a sire Fouke qu'il venist a ly parler e treter de diverse bosoignes qe tocheyent la marche, e dist qu'il irreit visiter la marche, e s'en ala al chastiel Baudwyn, qe ore est apelee Mountgomery, e, quant Morys le fitz Roger de Powys, seignour de Blauncheville, aparçust le roy Johan aprocher la marche, si manda au roy un destrer gras e beal e un girfaut tut blanc muer. Le roy le mercia mout de le present. Donqe vint Moryz parler al rey e le roy le pria demorer ou ly e estre de son consayl, e ly fist gardeyn de tote la marche. Quant Morys vist soun temps, si parla au roy e ly pria, si ly plust, que yl ly velsist confermer par sa chartre l'onour de Blauncheville a ly e ces heyrs, come le roy Henri, soun pere, l'avoyt eynz confermé a Roger de Powis, son pere. Le roy savoit bien qe sire Fouke avoit dreit a Blauncheville e se remenbra de le coupe qe Fouke ly avoyt eynz donee, e se pensa qu'il se vengereit par yleqe, e granta qe, quanqe Morys voleyt fere escrivre, yl le enselereyt, e, a ce fere, Morys ly promist cent lyvrez d'argent.

Yl y avoit bien pres un chevaler qe tut aveit oy qe le roy e Morys aveyent parlé ; si vynt hastivement a sire Fouke e ly counta qe le roy confermereit par sa chartre a syre Morys les terres a queux yl avoit dreyt. Fouke e ces quatre freres vindrent devant le roy e prierent qu'il puissent aver la commune ley e les terres a queux yl aveyent droit e resoun come le heritage Fouke, e prierent que le roy velsist receyvre de lur cent lyvres, a tieles que yl lur velsist graunter le award de sa court de gayn e de perte. Le roy lur dist qe ce qu'il avoit grantee a sire Morys yl le tendreit, quy qe se corocereit ou qy noun. A tant parla sire Morys a sire Fouke e dit : « Sire chevaler, molt estes fol qe vous chalengéz mes terres. Si vous dites qe vous avéz dreit à Blauncheville, vous y mentéz, e, s'il ne fust devaunt le roy, je le proverey suz vostre corps. » Sire Willam, le frere Fouke, sauntz plus dyre, sayly avaunt, sy fery de le poyn en my le vys sire Morys qe tut devynt senglant. Chevalers s'entrealerent qe | plus damage ne fut fait. Donqe dit [v°] sire Fouke al roy : « Sire roy, vous estes mon lige seignour e a vous fu je lié par fealté tant come je fu en vostre service e tan come je tienk terres de vous ; e vous me dusséz meyntenir en resoun e vous me fayléz de resoun e commun ley, e unqe ne fust bon rey qe deneya a ces frank tenauntz ley en sa court ; pur quoi je vous renk vos homages. » E, a cele parole, s'en parti de la court e vynt a son hostel.

Fouke e ces freres se armerent meyntenant e Baudwyn de Hodenet ensement, e, quant furent passéz demie luwe de la cité, vindrent aprés eux quinze chevalers bien montéz e armés, les plus fortz e vaylantz de tote la meyné le roy, e les comaunderent retorner e diseyent qu'il aveyent promis al roy lur testes. Sire Fouke retorna e dit : « Beau sires, molt fustez fols quant vous promistes a doner ce qe vous ne poéz aver. » A tant s'entreferirent de lances e de gleyves, issint qe quatre dé plus vaylantz chevalers le roy meintenant furent ocis e tous les autres naufréz au poynt de mort, estre un, qe vist le peryl e se mist a la fute. Vynt a la cité. Le roy ly demaunda si Guarin fust pris. « Nanil, fet yl, ne rien malmys. Yl e tous ces compaignons sunt aleez e nous fumes tous ocys, estre moy qe a grant peyne su eschapéz. » Fet le roy : « Ou est Gyrart de Fraunce, Pieres de Avynoun e sire Amys le Marchys ? — Sire, ocys. » A tant vindrent dis chevalers tut a pee, quar sire Fouke meyne les destrers. Les uns des chevalers aveyent perdu la nees, les uns le menton e tut furent defolees. Le roy jura grant serement qu'il se vengereit de eux e de tote lur lignage.

Fouke vynt a Alberburs e conta a dame Hawyse, sa

mere, coment aveyent erré a Wyncestre. Fouke prist grant aver de sa mere e s'en ala, ly e ces freres, a ces cosyns en Bretaygne le Menur e sojorna tant come ly plust. Le rey Johan seysy en sa meyn totes les terres qe Fouke aveit en Engleterre, e fist grant damage a touz les suens.

Fouke e ces quatre freres, Audolf de Bracy, son cosyn, e Baudwyn de Hodenet, son cosyn, pristrent congié de lur amys e cosyns de Bretaygne le Menur, e vindrent en Engletere. Les jours se reposerent en boschages e en mores, e les nuytz errerent e travilerent, quar yl n'oserent attendre le roy, quar yl ne aveyent poer contre ly. A tant vyndrent a Huggeford, a monsire Water de Huggeford, qe avoit esposee dame Vyleyne, file Waryn de Meez, mes son dreit noun fust Emelyne e fust la aunte sire Fouke. Pus Fouke s'en va | vers Alberburs e, quant vynt ileqe, la gent du [43] pays dient qe sa mere est enterree ; pur qy Fouke fet grant duel e prie mut pitousement pur sa alme.

Sire Fouke e sa gent cele nuyt vont en une foreste q'est apellee Babbyng, qe esta delees Blauncheville, pur espier Morys le fitz Rogier. A taunt vint un vadlet de la meyné Morys ; si les aparçust e s'en rovet arere e counta Morys ce qu'il avoit veu. Morys se arma mout richement e prent le vert escu a deus senglers d'or batu ; d'argent fust la bordure ou flours de lys d'asure. E si avoit en sa compagnie les nuef fitz Guy de la Montaigne e les treys fitz Aaron de Clerfountaygne, issint qe trente y aveynt bien mounteez e synk cent de gent a pee. Quant Fouke Morys vist, hastivement de la foreste issist. Entre eux fust comencé dur estour e yleqe fust Morys naufré par my l'espaudle e plusours chevalers e gentz a pie occis furent, e au dreyn Morys s'enfui vers son chastel e Fouke le parsywy. Si li quida feryr en fuaunt en le healme, mes le coupe descendy sur le cropoun del destrer. A tant vint Morgan le fitz Aaron, si trayst de le chastel e fery Fouke par mi le jaunbe de un quarel. Fouke fust molt dolent qe yl ne se poeit venger a sa volenté de sire Morys, e de sa playe en le jaunbe ne dona ja garde. Sire Morys fist sa pleynte al roy qe sire Fouke fust revenuz en Engletere e ly avoyt naufré par my le espaudle. Le roy devynt si corocé qe a merveyle, e ordina cent chevalers de lur meynie d'aler par tot Engletere, d'enquere e prendre Fouke e ly rendre al roy vyf ou mort, e si averount totes lur costages de roy e, s'il le puissent prendre, le roy les dorreit terres e riche feez. Les chevalers vont par tot Engletere quere sire Fouke ; mes la ou yl entendyrent qe sire Fouke fust, la ne vodreint aler a nul fuer, quar yl ly doterent a demesure, les uns pur amour qu'il aveyent a ly, les autres pur doute de sa force e de sa noble chevalerie, qe damage ne mort lur avensist par sa force e sa hardiesse.

Sire Fouke e sa compagnie vindrent a la foreste de Bradene e demorerent yleqe privément, quar apertement n'oserent pur ly roy. Donqe vindrent de la outre dis borgeys marchauntz, q'aveyent de les deners le roy d'Engleterre les plus riches draps, pelures, especes e gans pur le corps le roy e la reygne d'Engletere achatéz. Si l'amenerent par desouth la foreste vers le roy e vint quatre serjauntz armées sywyrent pur garder le tresour le roy. Quant Fouke aparçust les marchauntz, si apela Johan, son frere, e li dit qu'il alast parler ou cele gent | [r°] e qu'il encerchast de quele terre sunt. Johan fery le destrer de esperouns, si vint a les marchauntz e demanda quele gent fuissent e de quele terre. Un vauntparlour orgulous e fer sayly avant e demanda quey yl avoit a fere d'enquere quele gent y fussent. Johan lur demanda en amour venyr parler ou son seignour en la foreste ou, si noun, il vendreynt maugré lur. A tant sayly avant un serjant, si fery Johan de un espee grant coupe. Johan le refery en la teste, qu'il chay a terre palmee.

Donqe vynt sire Fouke e sa compagnie, e assaylerent les marchantz e yl se defendyrent mout vigerousement. Au dreyn se rendirent, quar force lur fist ce fere. Fouke les mena en la foreste e yl ly conterent qe marchantz le roy erent, e, quant Fouke ce entendy, mout fu lee e lur dist : « Sire marchantz, si vous perdiséz cest avoyr, sur qy tornereit la pierte ? Dite moi le veyr. — Sire, font yl, si nous le perdisoms par nostre coardise ou par nostre maveise garde demeyne, la pierte tornereit sur nous, e, si en autre manere le perdisoms, en peril de mer ou par force de gentz, la pierte tornereit desuz le roy. — Ditez vous le voyr ? — Oyl, sire, » fount yl. Sire Fouke, quant entendy qe la pierte serreit al roy, donqe fist mesurer le riche drap e riche pelure par sa launce, e si vesti tous ceux qe ou ly furent, petitz e grantz, de cel riche drap e dona a chescun solum ce qu'il estoit ; mes mesure avoit chescun assez large. De l'autre aver prist chescun a volenté.

Quant il fust avespré e les marchauntz aveynt bien mangé, si les comanda a Dieu e pria qu'il saluasent le roy de par Fouke fitz Waryn, qe ly mercia mout de ces bones robes. Fouke ne nul dé suens, de tot le tens qu'il fust exilee, unqe ne voleint damage fere a nully si noun al roy e a ces chevalers. Quant les marchantz e lur serjantz vindrent naufréz e mayhayniés devant le roy e counterent al roy ce qe Fouke lur charga e coment Fouke aveit son aver pris, a poy qu'il ne enraga de ire, e fist fere une criee par mi le realme qe cely qe ly amerreit Fouke vyf ou mort yl ly dorreit myl lyvres d'argent e, estre ce, yl ly dorreit totes lé terres qe a Fouke furent en Engleterre.

De yleqe vet Fouke e vient en la foreste de Kent e lessa ces chevalers en l'espesse de la foreste e s'en vet tot soul chyvalchant le haut chemyn. Si encontra un messager trop jolyvement chauntant e avoyt vestu la teste de un chapelet de rose vermayl. Fouke ly pria par amour qu'il ly donast le chapelet, e, si yl avoit afere de ly, yl ly rendreit le double. « Sire, fet le messager, il est mout eschars de son aver qe un chapelet de rose ne velt doner a la requeste de un chevaler. » E dona le chapelet a Fouke e il ly dona vynt sous [44]
de loer. Le messager le conust bien, quar yl le avoit sovent veu. Le messager vint a Canterburs ; si encontra les cent chevalers q'aveyent quis Fouke par mi tot Engleterre e lur dit : « Seignours, dont venéz?

Avéz trové ce que vous avéz quis par le comandement nostre seignour le roy e pur vostre avancement ? — Nanyl, fount yl — Qey me dorréz vous ? fet il, e je vous amerroi la ou je ly vy huy e parlay. » Tant donerent e promistrent al messager qu'il lur dit ou yl ly avoit veu e coment yl ly dona vint sous pur le chapelet qu'il ly dona de gree.

Les cent chevalers firent somondre hastivement tot le pays, chevalers, esquiers e serjauntz, e enseggerent tote la foreste tot entour e mistrent tosours e recevours come furent venours, e mistrent viele gent e autres par tot le champ ou corns, pur escrier Fouke e ces compaignons, quant furent issuz de la foreste. Fouke fust en la foreste e rien ne savoit de cest affere. A tant oy un chevaler soner un gros bugle ; si avoit suspecion e comanda ces freres mounter lur destrés. Willam, Phelip, Johan e Alayn, ces freres, monterent meyntenant. Audulf de Bracy e Baudwyn de Hodenet, Johan Malveysyn monterent ensement. Les treis freres de Cosham, Thomas, Pieres e Willam, furent bons arblasters e tote l'autre meyné Fouke furent tost aprestee a le assaut.

Fouke e ces compagnouns issirent de la foreste ; si virent devant tuz les autres lé cent chevalers qe les aveynt quis par mi Engletere. Si se ferirent entre eux e ocistrent Gilbert de Mountferrant e Jordan de Colecestre e plusours autres chevalers de la compaignie. Si passerent outre par my les cent chevalers e autre foyth revyndrent par my eux e les abatirent esspessement. A tant survyndrent tantz chevalers, equiers, borgeys, serjantz e pueple santz nounbre qe Fouke aparçust bien qu'il ne poeit durer la batayle. Si se retorna a la foreste ; mes Johan, son frere, fust naufré en la teste par my le healme. Mes, eynz qu'il tornasent a la foreste, meint bon chevaler, esquiers e serjantz furent detrenchéz. Fouke e ces compaignons ferirent les destrers des esperouns e fuyrent. Les gentz par tut leverent la menee sur eux e les pursywyrent ou menee par tut. A tant entrerent en une veye e ne vyrent qe un lever la menee ou un corn. Un de la compaignie le fery par mi le corps de un quarel. A tant lessa le cri e la menee.

Fouke e ces compagnons lesserent lur chyvals e tot a pié s'enfuyrent vers une abbeye qe lur fust de pres. Quant le porter les vist, si corust fermer ces portes. Alayn fust mout haut ; si passa meyntenant outre les murs e le porter comença fuyr. « Atendéz », fet Alayn. Si ly corust aprés e prist les clefs de ly e fery de la masuele, dont les clefs pendyrent, un coup q'a resoun ly grevereit pur sa fute. Alayn lessa tous ces freres entrer. Fouke prist un abit de un viel moyne e se vesty | meintenaunt e prist un grant potence en sa [v°] mayn e s'en ala hors a la porte e fist clore la porte aprés ly e s'en vet. Vet clochaunt de le un pee, apuant tot le cors a le grant potence. A tant vindrent chevalers e serjantz ou grant pueple. Donqe dit un chevaler : « Daun veylard moyne, avéz vous veu nuls chevalers armés passer par ycy ? — Oyl sire, Dieu lur rende le damage qe il ont fet ! — Qey vous ount yl fet ? — Sire, fet yl, je su viels e ne me pus ayder, tant su defet. E si vindrent set a chyvals e entour quinze a pié e, pur ce qe je ne lur pooy hastivement voider le chemyn; yl ne me esparnierent de rien, mes firent lur chyvals coure outre moy, e ce fust pecchié dont poy lur fust. — Tes tey, fet il, vous serréz bien vengé eynz huy. » Les chevalers e trestous les autres hastivement passerent avant, a pursyvre Fouke, e furent bientost esloygneez une lywe de le abbeye. Sire Fouke estut en pees pur plus ver.

A tant vynt sire Gyrard de Malfee e dis compaignonz, chevalers bien mounteez, quar il furent venuz de la outre e amenerent ou eux chyvals de pris. Donqe dit Gyrard en mokant : «Veiéz cy un moygne gros e grant e si ad le ventre bien large a herbiger deus galons de chens. » Les freres Fouke furent dedenz la porte e aveyent oy e veu tote la continaunce Fouke. Fouke, santz plus dire, leva le grant potence ; si fery sire Gyrard desouth l'oryle qu'il chay tot estonee a terre. Les freres Fouke, quant ce vyrent, saylerent hors a la porte ; si pristrent lé dis chevalers e sire Gyrard e tote lur herneys, e les lyerent mout ferm en la loge le porter e pristrent tote lur herneys e lur bons destrers, e s'en alerent qe unqe ne fynerent de errer eynz qu'il vindrent a Huggeforde, e ileqe fust Johan sanee de sa plaie.

Qant avoient ileqe sojorné une piece, dount vint un messager, qe avoit bien longement quis sire Fouke, e ly dit salutz de par Hubert, l'arcevesque de Caunterburs, e ly pria hastivement venir parler ou ly. Fouke prist sa gent e vynt deleez Caunterburs en la foreste ou eyntz avoit estee, e lessa tote sa compagnie ileqe, estre Willam, son frere. Fouke e Willam se atyrerent come marchauntz e vindrent a Caunterburs, a le evesqe Hubert. Le archevesqe, Hubert le Botiler, lur dit : « Beal fitz, fet yl, vous estes bienvenuz a moy. Vous savéz bien qe sire Thebaud le Botiler, mon frere, est a Dieu comandee, e avoit esposee dame Mahaud de Caus, une mout riche dame e la plus bele de tote Engletere, e le roy Johan la desire taunt pur sa bealté qe a peyne ele se puet garder de ly, e je la tienk seyntz e vous la verrez e je vous pri, cher amy Fouke, e comant, sur sa benoysoun, qe vous la pernéz a espouse. » Fouke la vist e savoit bien qe ele fust bele, bone e de bon los, e qe ele avoit en Yrlaunde | [45I fortz chastels, cités, terres e rentes e grantz homages. Par assent Willam, son frere, e par consayl de le erchevesqe Hubert, esposa dame Mahaud de Caus. Fouke demora deu jours yleqe e pus prist congié de l'evesqe e lessa sa femme yleqe e revynt al boys a ces compaignouns e lur conta quanqu'il avoit fait. Yl ly eschardenierent e rierent e le apelerent « hosebaunde » e ly demanderent ou il amerreit la bele dame, lequel al chastel ou a le boys, e s'entresolaserent. Mes grant damage firent a le roy par tot e a nul autre si noun a ceux qe furent overtement lur enymys.

Un chevaler qe fust apelee Robert le fitz Sampsoun fust menaunt en la marche de Escoce e soleyt mout sovent receyvre sire Fouke e sa gent e les herbiger a grant honour, e si fust home de grant tresour e sa femme fust apelee dame Anable e fust molt corteise dame. En cel temps fust un chevaler en la contree qe fust apelee Pieres dc Bruvyle. Cely Pieres soleit assembler tous les fitz de gentils homes de le pays qe volagous erent e autre rybaudayle, e soleynt aler par le pays e ocistrent e robberent le gent, marchanz e autres. Cely Pieres, quant yl ou sa compaignie ala robber les gentz, se fesoit apeler Fouke le fitz Waryn ; par quey Fouke e ces compaignons furent trop malement aloseez de ce qu'il n'aveyent coupe. Fouke, qe trop longement pur doute de le roy Johan ne poeit demorer en un lyu, vint par nuyt en la marche d'Escoce e vynt mout pres la court sire Robertz le fitz Sampsoun e vist grant lumere dedenz la court e oy parler leynz e sovent nomer son noun ; si fist ces compaignons arester dehors. Fouke meismes hardiement entra le court, pus la sale ; si vist Peres de Bruville e autres chevalers seantz a soper, e Robert le fitz Sampsoun e sa bone dame e la meyné furent lyez e juteez d'une part la sale, e sire Pieres e ces compaignons trestouz furent vysureez, e trestous qe servyrent leynz engenulerent devant sire Pieres e le apelerent lur seignour sire Fouke. La dame qe just lye deleez son seignour en la sale dit molt pitousement : « Hay, sire Fouke, fet ele, pur Dieu merci! Je ne vous unqe mesfis; mes vous ay amee a mon poer.» Sire Fouke estut en pees e avoit escoté quant qu'il aveyent dit ; mes, quant il avoyt oy la dame parler qe grant bounté ly avoit fait, pur nulle chose du monde ne se poeit plus deporter. Tut santz compaignon se mist avant e sa espeie trete en sa meyn, e dit : « Ore, pees, je vous comand, trestous qe seynz voy, qe nul ne se moeve tant ne quant. » E jura grant serement qe, nul fust tant hardy de sey mover, il le detrenchereit en menuz pieces. Pieres e ces compaignouns se | tindrent engyneez. « Ore, fet [v°] Fouke, qy de vous se fet apeler Fouke ? — Sire, fet Pieres, je su chevaler, si su apellee Fouke. — De par Deus ! fet yl, sire Fouke, levéz sus tost ; si liéz bien e ferm tous vos compaignons ou, si noun, tut premer perderéz le chief. » Pieres fust molt enpourys de la manace e leva sus e delia le seignour e la dame e tous les autres de la meynee e lya bien e ferm tous ces compaignouns, e, quant tous furent liéz, Fouke ly fist couper les testes de tous iceux qu'il avoit liéz, e, quant yl avoit tous ceux compaignons decoleez : « Vous, recreant chevaler, qe vous fetez apeler Fouke, vous y mentéz. Je su Fouke e ce saveréz vous bien e je vous rendroy qe faucement m'avéz alosee de larcyn. » E ly coupa la teste meyntenant e, quant avoit ce fet, apela ces compaignouns ; e soperent la e se fyrent bien a eese e issi sire Fouke salva sire Robert e tut son tresour, qe rien ne perdy.

Le roy fist grant damage mout sovent a sire Fouke e sire Fouke, tot fust il fort e hardy, yl fust sages e engynous, quar le roy e sa gent pursiwyrent molt sovent sire Fouke par lé esclotz des chyvals e Fouke molt sovent fist ferrer ces chyvals e mettre les fers a revers, issint qe le roy de sa sywte fust desçu e engynee. Meynt dur estour soffry sire Fouke eynz qu'il avoit conquis son heritage.

Sire Fouke prist congié de mounsire Robert le fitz

Sampsoun e se vynt a Alberburs e fist fere sa loge
en une foreste deleez sur la ryvere. Fouke apela Jo-
han de Raunpaygne. « Johan, fet yl, vous savéz asséz
de menestralsie e de jogelerye. Estes vous osee d'aler
a Blancheville e juer devant Morys le fitz Roger e d'en-
quere lur affere ? — Oyl », fet Johan. Yl fist tribler
un herbe e la mist en sa bouche e sa face comença
d'engroser e emflyr moult gros, e tut devynt si desco-
loree qe ces compaignons demeyne a grant peyne
le conurent. Johan se vesti asque povrement e prist
sa male ou sa jogelerie e, un grant bastoun en sa meyn,
vynt a Blancheville e dit al porter qu'il fust un joge-
lour. Le porter le mena devant sire Moris le fitz Ro-
ger e Morys ly demaunda ou yl fust nee. « Sire, fet
il, en la marche d'Escoce. — E quele noveles ? — Sire,
je ne sai nulles, estre de sire Fouke le fitz Waryn,
q'est ocys a une roberye qu'il fist a la mesone sire
Robert le fitz Sampson. — Dites vous voir ? — Oyl,
certes, fet il, ce dient totes les gentz du pays. —
Menestral, fet il, pur vostre novele je vous dorroy ceste
coupe de fyn argent. » Le menestral prent la coupe e
mercia molt son bon seignour. Johan de Rampaigne
fust molt led de vys e de corps, e, pur ce, les rybaudz de
leynz ly | escharnierent e defolerent e detrestreint 40
par ces chevoyls e par ces pees. Yl leva son bastoun ;
si fery un rybaud en la teste qe la cervele vola en my
la place. « Malveys rybaud, fet le seignour, qey as tu
fet ? — Sire, fet yl, pur Dieu mercy ! Je ne pus meez ;
j'ay une maladie qe trop est grevouse, e ce poéz vere
par la face qe j'ay si emflee, e cele maladie me tout

certeygnes houres de jour tut le seen ; dont je n'ay poer mey meismes a governer. » Moris jura grant serement, s'il ne fust pur la novele qu'il aveit porté, yl ly freit estre decollé meintenant. Le jogelour se hasta qu'il fust passee de la, quar molt ly sembla long la demuere. Revynt a Fouke e counta de mot en autre coment aveit erré, e dit qu'il avoit oy en la court qe sire Morys e ces quinze chevalers e sa meyné irreynt l'endemayn al chastel de Saloburs, quar il esteit gardeyn de tote la marche. Quant sire Fouke ce savoit, molt fust lee e ces compaignouns ensement.

L'endemeyn leva Fouke matyn e fust armee tot a talent e ces compaignons ensement. Morys vynt vers Saloburs, e quinze chevalers ou ly e lé quatre fitz Gwy fitz Candelou de Porkyntone e sa autre meyné, e, quant Fouke ly vyst, molt fust lee, e molt fust irree a ly pur ce qu'il ly detient a force son heritage. Morys regarda vers le pas de Nesse, si vist un escu quartilee de goules e d'argent endentee, e par ces armes conust qe ce fust Fouke. « Or sai je bien, fet Morys, qe jogelers sunt mensungers, quar la voy Fouke. » Moris e ces chevalers furent molt hardis e hardiement asaylyrent Fouke e ces compaignouns, e les apelerent larouns e diseyent qe lur testes eynz la vespree serreient assis al haut tour de Saloburs. Fouke e ces freres se defendirent molt vigerousement e yleqe fust sire Morys e ces quinze chevalers e les quatre fitz Gwy fitz Candelou de Porkyntone ocys, e de a tant aveit Fouke le meyns enymys.

Fouke e ces compaignons s'en alerent de yleqe vers

Rothelan, de parler ou sire Lewys, le prince q'aveit esposee Johane la fyle le roy Henri, suere le roy Johan, quar le prince e sire Fouke e ces freres furent norys ensemble en la court le roy Henri. Le prince fust molt lee de la venue sire Fouke e ly demanda quel acord fust entre le roy e ly. « Sire, fet Fouke, nul, quar je ne pus aver pees pur nulle chose, e, pur ce, sire, su je venuz a vous e a ma bone dame, pur vostre pees aver. — Certes, fet le prince, ma pees je vous grant e doynz e de moy bon resut averéz. Le roy d'Engletere ne pees ou vous ne moy ne autre siet aver. — Sire, fet Fouke, grant mercis, quar en vous molt me affy e en vostre grant lealté e, pus qe vous me avéz vostre pees grantee, je vous dirroy autre chose : certes, sire, Morys le fis Roger est mortz, quar je l'ay ocys. » Quant le prince | savoit que Morys fust mortz, molt fust irree ; e dit qe, s'il ne ly avoit sa pees donee, yl ly freit trayner e pendre, pur ce qe Morys fust son cosyn. Donqe vynt la bone dame e fist acord entre le prince e sire Fouke, issint qu'il furent entrebayseez e toutz maltalentz pardoneez.

En icel temps grant descord fust entre le prince Lewys e Guenonwyn le fitz Yweyn Keveyloc, e a cely Guenonwyn grant partie de le pays de Powys apendeit e si fust molt orgoylous, hauteyn e fer, e ne vodra rien deporter le prince, mes fist grant destruxion en sa terre. Le prince a force avoit tot abatu le chastiel Metheyn e avoit pris en sa meyn Mochnant, Lannerth e autres terres qe furent a Guenonwyn. Le prince comaunda la mestrie de tote sa terre a

Fouke e ly comaunda coure sur Guenonwyn e destrure totes ces terres. Fouke fust sages e bien avysee e savoyt bien qe le tort fust al prince : si ly dist en bele manere : « Sire, pur Dieu, fet il, mercy ! Si vous ce festez qe vous avéz devysee, vous serréz molt blamé en estrange regneez de totes gentz. E, sire, si vous plest, ne vous peyse qe je le vous dy : tote gent dient qe vous avéz pecchié de ly, e, pur ce, sire, pur Dieu ! eiéz mercy de ly e yl se redressera a vous, a vostre volenté, e vous servira de gree e vous ne savéz quant vous averéz mester a vos barouns. » Tant precha Fouke au prince e parla qe le prince e Guenonwyn furent entreacordeez, e le prince ly rendy totes ces terres qe de ly eynz furent prisees.

Le roy Johan fust a Wyncestre. A taunt vynt la novele a ly qe Fouke avoit ocys Morys le fitz Roger e qu'il fust demoree ou Lewys, le prince q'aveit esposée Johane sa suere. Si devynt molt pensyf e bone piece ne sona parole. Pus dit : « Hay, seinte Marie ! je su roy, Engletere guye, duc su d'Angoye e de Normaundye, e tote Yrland est en ma segnorie ; e je ne pus trover ne aver en tot moun poer, pur quanqe je pus doner, nul qe me velt venger de le damage e hontage qe Fouke m'ad fet ; mes je ne lerroy qe je ne me vengeroy de le prince. » Si fist somoundre a Salobur tous ces countes e baronz e ces autres chevalers qu'il seient a un certeyn jour a Saloburs ou tot lur gent, e, quant furent venuz a Saloburs, Lewys fust garny par ces amys qe le roy Johan ly movereit grant guere, e apela Fouke, si ly mostra tote le aventure. Fouke fist assembler al chastel Balaham, en Pentlyn, trente mil de bons honmes, e Gwenonwyn le fitz Yweyn vynt ou ces gentz, qe fortz e hardys furent. Fouke fust asséz sage de guere | e conust bien tous les passages 47 par ont le roy Johan covenist passer, e le passage, fust mout escars, enclos de boys e marreis, issi qu'il ne poeit passer, si noun le haut chemyn, é le passage est apelé le Gué Gymele. Fouke e Guenonwyn ou lur gentz vindrent al passage e fyrent fouer outre le haut chemyn une fossé, long, parfound e lee, e firent emplyr la fossee d'ewe, issi qe nul poeit passer, quei pur le marreis, qei pur la fossé, e outre la fossé firent un palys tro bien bataillee e uncore puet home vere la fossé.

Ly roy Johan ou tot son host vynt al gué e la quida passer seurement. E vyst dela chevalers armés plus qe dys mil, qe gardoient le passage. Fouke e ces compaignons furent passéz le gué par un privé chemyn qu'il avoyent fet, e furent de cele part ou le roy fust, e Guenonwyn e plusours autres chevalers ou eux. Le roy escria Fouke e les chevalers le roy de totes partz assailerent Fouke ; mes molt lur mesavynt, qu'il ne le poeynt avenyr si noun par my le fount sur la caucé. Fouke e ces compaignons se defendirent com lyons e sovent furent demonteez e sovent remounteez, e plusours des chevalers le roy furent ocys e Guenonwyn fust forement naufree par my le healme en la teste. Quant Fouke veit qu'il ne sa gent ne poeynt durer longement dehors lur fossé, si retornerent par lur privé chemyn e defendyrent lur palys e la fossé, e des quarels e autres dartz launcerent e gitterent a les gentz le roy e ocistrent grant gentz e naufrerent pueple a demesure. Ceste fere e dure medlé dura tan qe a seyr. Quant le roy vist tantz de ces gentz ocys e naufréz, tant fust dolent ne savoit qey fere ; mes se retorna vers Saloburs.

Le roy Johan fust home santz conscience, mavois, contrarious e hay de tote bone gent e lecherous, e, s'yl poeit oyr de nulle bele dame ou damoisele, femme ou fyle de counte ou de baron, e d'autre, yl la voleyt a sa volenté aver, ou par promesse ou par don engyner, ou par force ravyr, e, pur ce, fust le plus hay. E pur cele encheson plusours grantz seignours d'Engleterre aveyent rendu al roy lur homages ; dont le roy fust le meynz doté d'assez.

Johan l'Estraunge, seignour de Knokyn e de Rutone, se tynt tous jours ou le roy e fist damage as gentz le prince, e, pur ce, le prince fist abatre le chastel de Rutone e prendre ces gentz e les enprisoner ; dount Johan fust molt dolent. Le prince vynt al chastel Balaham e apela Fouke ; si ly dona e rendy tote Blancheville, son herytage, e Estrat e Dynorben. Fouke le mercia molt e prist ceus qu'il voleyt e s'en ala a Blanchevyle e fist refermer e par tut amender le chastiel.

Johan l'Estrange vynt al roy e ly conta qe Fouke [v°]
ly avoit fet grant damage de sa gent e abatu le chastiel de Rutone, e pria al roy, quar il fust bien de ly, qe yl ly aydast de poer, e yl se vengereit bien de sire Fouke e de ces gentz. Le roy apela sire Henri de

Audelee, qe fust seignour e premer conquerour de le chastiel Rous e de l'onour ; si ly comanda prendre dis mil chevalers des plus vaylantz d'Engletere e qu'il e ces chevalers fuissent en totes choses entendauntz a sire Johan l'Estrange. Sire Henri e sire Johan e lur chevalers s'aparillerent vers Blauncheville e, en cheminant, quanqu'il troverent, homes e femmes, ocistrent, e robberent le pays. Le cry se leva par tot.

Fouke fust a Blancheville e tynt yleqe bele compaignie, pur ce qu'il avoyt donqe son novel entré en ces terres, e furent ileqe de Gales set cent chevalers e serjantz plusours. Quant la novele vynt a Fouke qe sire Johan e sire Henri vindrent vers ces parties, se armerent meyntenant e s'en alerent privément al pas de Mudle, e, quant sire Johan vist sire Fouke, brocha le destrer ; sy feri sire Fouke de sa lance qe ele vola en menu pieces, e sire Fouke referi sire Johan en my la face par my le healme, qe le coupe tote sa vie fust aparisaunt, e sire Johan vola tot plat a terre. Sire Johan fust molt vaylant, sayly tost en piés e s'escria molt halt : « Ore, seynours, a Fouke tous ! » Fouke respond cum orgoilous : « Certes, fet il, e Fouke a tous ! » Donqe les chevalers d'ambepartz s'entreferyrent. Fouke e sire Thomas Corbet e ces autres compaignons plusours ocistrent. Alcyn fitz Guaryn e Phelip, son frere, furent naufréz. Quant Fouke vist ces freres naufréz, a poy qu'il n'enraga d'yre. Sire Fouke se mist en la presse e quanqu'il ateynt ne puet avoir socours de mort. Sire Fouke n'aveit a la jorné qe set centz chevalers e les autres furent dis myle e pluz ; pur quoy Fouke ne poeit veyndre l'estour ; si se retorna vers Blancheville. Sire Audulf de Bracy fust demontee en mi la presse e molt se defendy hardiement. Au dreyn fust pris e amenee vers Saloburs.

Sire Henri e sire Johan furent molt leez de la prise. Si vyndrent a Saloburs devant le roy e rendirent sire Audulf al roy, qe ly aresona molt fierement e jura grant serement qu'il ly freit trayner e pendre, pur ce qu'il fust son traytour e son laroun e avoit ocys ces chevalers, ars ces cités, ces chastels abatuz. Audulf ly respondy hardiement e dit qe unqe ne fust traytour, ne nul de son lignage. Fouke fust a Blauncheville e fist laver e mediciner ces freres e ces autres gentz. A tant ly sovynt de sire Audulf e le fist quere par tot e, quant ne poeyt estre trovee, yl ne ly quida vere a nul jour ; si demena si grant duel qe home ne poeit greynour. | [48] A tant vynt Johan de Rampaygne e vist Fouke fere tiel duel. « Sire, fet il, lesséz estre ce duel e, si Dieu plest, eynz demayn prime orréz bone novele de sire Audulf de Bracy, quar je meismes irroy parler au roy. »

Johan de Rampaygne savoit assez de tabour, harpe, viele, sitole e jogelerie. Si se atyra molt richement, auxi bien come counte ou baroun, e fist teyndre ces chevoyls e tut son corps entierement auxi neyr come geet, issi qe rien ne fust blank, si ces dentz noun, e fist pendre entour son col un molt beal tabour ; pus monta un beal palefroy e chevalcha par my la vile de Saloburs desqe a la porte du chastiel e de meynt un fust regardé. Johan vynt dovant le rey e se mist a genoylounz e salua le roy mout corteysement. Le roy ly rendy ces salutz e ly demanda dont yl estoit. « Sire, fet yl, je su un menestral ethiopien, nee en Ethiopie. » Fet le roy : « Sunt touz les gentz de vostre terre de vostre colour ? — Oyl, monseignour, home e femme. — Qoi dient yl en estrange regneez de moy ? — Sire, fet il, vous estez le plus renomee roy de tote la cristieneté e pur vostre grant renoun vous su je venu vere. — Bel sire, fet le roy, bien viegnéz. — Sire monseignour, grant mercy. » Johan dist qu'il fust renomee plus pur mavesté qe bounté ; mes le roy ne l'entendi point. Johan fist le jour meynte menestralsie de tabour e d'autre instrumentz. Quant le roy fust allee cocher, sire Henri de Audelee fist aler pur le neyr menestral e le amena en sa chambre e fesoient grant melodie e, quant sire Henri avoit bien beu, donqe dit a un vadlet : « Va quere sire Audulf de Bracy, qe le roy velt ocyre demeyn ; quar une bone nutee avera avant sa mort. » Le vadlet bien tost amena sire Audulf en la chambre. Donqe parlerent e juerent. Johan comença un chanson que sire Audulf soleit chanter. Sire Audulf leva la teste ; si ly regarda en my le vys e a grant peyne le conust. Sire Henri demanda a beyvre. Johan fust molt servisable, saily legerement en piés e devant tous servy de la coupe. Johan fust coynte ; gitta un poudre en la coupe, qe nul ne le aparçust, quar yl fust bon joglere, e tous qe burent devyndrent si sommylous qe, bien tost apres le beyre, se cocherent dormyr. E, quant tuz furent endormys, Johan prist un fol qe le roy aveit ; si ly mist entre les deus chvalers qe devereynt garder sire Audulf. Johan e sire Audulf pristrent les tuayles e lintheals qe furent en la chambre e par un fenestre devers Salverne s'eschaperent e s'en alerent vers Blancheville, qe ert douze lywes de Saloburs.

La chose ne poeit longement estre celee, quar l'endemeyn fut tote la verité dite al roy, qe mout fust corocee pur l'eschap. Fouke fust levé matyn l'endemeyn, quar poy aveit dormi la nuyt. Si regarda vers Saloburs e vist sire Audulf e Johan venyr. | vº Ne fet a demaunder s'il fust lee, quant il les vist, si les corust enbracer e beysir. Il les demanda quele noveles e sire Audulf ly conta coment Johan se contynt e coment il eschaperent ; dont Fouke, qe eyntz dolent ert, fist deduyt e grant joye.

Ore lessum de Fouke e parloms de dame Mahaud de Caus. Quant le roy, qe tant l'aveit desirree, savoit de verité q'ele fust esposee a sire Fouke, son enymy, par le consayl l'archevesqe Hubert, molt fist grant damage a le archevesqe e a la dame, quar il la voleit fere ravyr, e ele fuy a moster e ileqe fust delyvre de une fyle e l'archevesqe la baptiza Hauwyse, qe pus fust dame de Wemme.

Fouke e ces compaignonz vindrent une nuyetee a Caunterburs e amenerent la dame de yleqe a Huggeforde e demora une piece yleqe. Pus avynt qe la dame fust enceinte e fust privément demorant a Albreburs, e le roy la fist espier e ele s'en ala de yleoqe privement a Saloburs e ileqe fust espié e ele fust si grosse qe ele de yleqe ne poeit traviler, e s'enfuy a la eglise Nostre Dame, a Saloburs, e ileqe fust delyvre de une file, qe fust baptizé Johane, qe pus fust mariee a sire Henri de Penebrugge. Pus avoit Mahaud un fitz, qe fust nee sur un montaigne de Gales e fust baptizee Johan en une russele qe vyent de la Fontaigne dé Puceles. La dame e l'enfant furent molt fiebles, quar l'enfant nasquist deus moys avaunt son terme, e, quant l'enfant fust confermé de evesqe, yl fust apelee Fouke. La dame e l'enfant, qe febles erent, furent aporteez de la montaigne a une graunge, qe fust celle a Carreganant.

Quant le roy ne se poeit en nulle manere venger de Fouke, ne la dame honyr e prendre, si fist une letre al prince Lewys, q'avoit esposee Johane, sa suere, e ly pria par amour oster de sa meynee son mortel enymy e son feloun, ce fust Fouke, e yl ly rendroit tous les terres qe ces ancestres aveyent unqe prises de sa seignourye, a teles qu'il ly fesoit avoir le cors Fouke.

Le prince apela en sa cambre Johane, sa feme, e la mostra le letre qe le roy, son frere, ly avoit maundee. Quant la dame avoit oy la letre, maunda privément a sire Fouke tot le tenour e qe le roy velt acordeer a son seignour. Quant Fouke oy la novele, molt fust dolent e se dota de tresoun. Si maunda dame Mahaud par Baudwyn de Hodenet privément a l'evesqe de Canterburs e assygna Baudwyn de venyr a ly a Dovere. Fouke e ces quatre freres e Audulf e Johan de Rampaygne se armerent tot a talent e lur autres gentz vindrent al chastiel Balaham devant le prince. « Sire, fet Fouke, je vous ay servy a mon poer lealment ; mes ore, sire, ne siet um a qy | affyer, quar [49] pur la grant promesse le roy me voléz vous gerpyr, e le roy vous ad maundee une letre, laquele, sire, vous avéz celee de moy; dount, sire, je me doute le plus. — Fouke, fet le prince, demoréz ou moy, quar, certes, ne le pensay de vous fere tresoun. — Certes, sire, fet Fouke, je le crey molt bien ; mes, sire, je ne remeyndroy en nulle manere. » E prist congié de le prince e de tous ces compaygnons. De yleqe tant erra nuyt e jour qu'il vynt a Dovre, e yleqe encontra Baudwyn, qe la dame mena a l'archevesqe, e se mistrent en meer e aryverent e Whytsond.

Fouke e ces freres e ces autres compaignouns, quant vyndrent a Parys, si vyrent le roy Phelip de Fraunce, qe fust venuz as champs pur vere ces chevalers de Fraunce jostier. Fouke fust uncore mu, e ces compaignons ensement, quant vyrent tant beal assemblé. Demorerent pur vere les jostes. Quant les Fraunçoys virent chevalers d'Engleterre, se penerent molt le plus de bien fere. Donqe sire Druz de Montbener, un molt orgoilouse Franceys, maunda a sire Fouke e ly pria joster ou ly ; si Fouke meyntenaunt ly granta sa requeste. Fouke e ces freres se armerent e monterent les bons destrers. Johan de Rampaigne fust molt richement atyree e bien mountee, e si avoit un molt riche tabour e fery le tabour a l'entré des renks ; dont les montz e les vals rebondyrent e les chyvals s'enjolyverent. Quant le roy vyst sire Fouke armee, si dist a syre Druz de

Montbener : « Avyseez vous bien, quar cely chevaler engleys est molt pruz e vaylant, e ce piert bien. — Sire, fet yl, n'y a chevaler en tot le mond qe je n'osase bien encontrer al chyval ou a pee, cors contre cors. — De par Dieu ! » fet le roy. Fouke e sire Druz brocherent les destrers e s'entreferyrent. Fouke ly fery de sa launce par my l'eschu, e pierça le bon hauberk, e par my l'espaudle, qe la lance vola en pieces, e sire Druz chey tut plat a terre. Fouke prist le chyval sire Druz, sy l'amena e le manda en present a sire Druz, quar sire Fouke n'avoit cure a detenir le chyval. A tant vynt un chevaler franceis, qe a son vueyl voleit venger sire Druz ; sy fery Fouke de sa launce par my l'escu, qe sa launce depessa. Fouke le refery en my le healme, qe sa lance tote defruscha, e le chevaler voida les arçons, volsist ou noun. Les freres Fouke e ces compaignons furent prestz a joster ; mes le roy ne le voleyt sofryr. Le roy vynt poignant a Fouke e ly dyt : « Chevaler engleys, seiéz benet, quar trop bien avéz fet. » E ly pria demorer ou ly. Fouke mercia molt le roy e ly granta de estre a sa volenté. Fouke le jour de meynt un fust regardee, alowé e preysee par tot. Fouke avoit tele grace qu'il ne vynt unqe en nul lyu ou hardiesse, chevalerie, prouesse ou bountee fust, qu'il ne fust tenuz le meylour e santz pier.

Fouke demora ou le roy Phelip de Fraunce e fust amee e honoree de la roy e la roigne e totes bone gentz. Le roy ly demanda quel noun avoit. Fouke dit qu'il fust apelee Amys del Boys. « Sire Amys, fet le roy, conussez vous Fouke le fitz Waryn, de qy um parle grant bien par tut ? — Oil, sire, fet il, je l'ay sovent veu. — De quel estature est il ? — Sire, a mon entendement, de meisme l'estature qe je suy. » Fet le roy : « Yl puet bien, quar vaylantz estes ambedeus. » Fouke ne poeit oir de nul tornoy ne jostes par tute France qu'il ne voleyt estre, e par tot fust preysé, amee e honoree pur sa proesse e sa largesse.

Quant le roy d'Engleterre savoit qe sire Fouke fust demorant ou le roy Phelip de Fraunce, manda al roy e ly pria, si ly plust, qu'il volsist oster de sa meynee e de sa retenance Fouke le fitz Guarin, son enymy mortel. Quant le roy de France avoit oy la letre, si dist par seint Denys qe nul tiel chevaler fust de sa retenance, e tiele respounce manda al roy d'Engletere. Quant sire Fouke avoit oy cele novele, vynt al roy de Fraunce e demanda congié de aler. Fet le roy : « Ditez moy si nulle chose vous faut e je hautement fray fere les amendes, pur quoy voléz departir de moy. — Sire, fet yl, je ay oy teles noveles par ont me covyent partir a force. » E par cele parole entendy le roy qu'il fust Fouke. Fet le roy : « Sire Amys de Boys, je quid qe vous estez Fouke le fitz Warin. — Certes, monseignour, oyl. » Fet le roy : « Vous demorréz ou moy e je vous dorroy plus riches terres qe vous unqe n'avyéz en Angleterre. — Certes, sire, fet il, yl n'est pas digne de receyvre terres de autruy doun qe les suens de dreit heritage ne puet tenir a reson. »

Fouke prist congié de le roy e vynt a la mer e vist les nefs floter en la mer e nul vent fust vers Engleterre e le temps fust asséz bel. Fouke vist un mary-

ner, qe sembla hardy e feer, e le apela a ly e dit: « Bel sire, est ceste nef la vostre ? — Sire, fet il, oyl. — Q'est vostre noun ? — Sire, fet il, Mador del Mont de Russie, ou je nasqui — Mador, fet Fouke, savéz vous bien cest mester e amener gentz par mer en diverse regions ? — Certes, sire, yl n'y ad terre renomee par la cristieneté qe je ne saveroy bien e sạlvement mener nef. — Certes, fet Fouke, molt avéz perilous mester. Dy moi, Mador, bel douz frere, de quel mort morust ton pere ? » Mador ly respond qe neyeez fust en la mer. « Coment ton ael ? — Ensement. — Coment ton besael ? — En meisme la manere e tous mes parentz, qe je sache, tan qe le quart degree. — Certes, dit Fouke, molt estes folhardys qe vous oséz entrer la mer. — Sire, fet il, pur quoy ? Chescune creature avera la mort qe ly est destinee. Sire, fet Mador, si vous plest, responéz a 'ma demaunde. | Ou morust ton pere ? [50]
— Certes, en son lyt .— Ou ton ael ? — Einsement — Ou vostre besael ? — Certes trestous qe je sai de mon lignage morurent en lur lytz. — Certes, sire, fet Mador, depus qe tot vostre lignage morust en litz, j'ay grant merveille qe vous estes osee d'entrer nul lyt. » E donqe entendy Fouke qe ly mariner ly out verité dit, qe chescun home avera mort tiele come destinee ly est e ne siet lequel, en terre ou en ewe.

Fouke parla a Mador, qe savoit la manere des nefs, e ly pria pur amour e pur du suen qu'il ly volsist devyser e ordyner une neef, e il mettreit les costages. Mador ly granta. La neef fust fete en une foreste deleez la mer, solum le devys Mador en tous poyntz, e totes cordes e autre herneis quanqe apendeit si bien e si riche ment q'a merveille, e fust a demesure bien vitaillee. Fouke e ces freres e sa meysné se mistrent en la mer e acosterent Engleterre. Adonqe vist Mador une neef bien batailee venant vers eux, e, quant les neefs s'aprochierent, un chevaler parla a Mador e dit : « Danz maryner, a qy e dount est cele neef qe vous guyéz, quar nulle tiele n'est custumere de passer par ycy ? — Sire, fet Mador, c'est la moye. — Par foy ! fet le chevaler, noun est. Vous estes larounz e je le say bien par le veyl quartronee q'est des armes Fouke le fitz Waryn, e il est en la neef e eynz huy rendroi je son corps a roy Johan. — Par foy ! fet Fouke, noun freez ; mes, si rien desirréz de nostre, vous le averéz volenters. — Je averei, fet il, vous tous e quanqe vous avéz, estre vostre gree. — Par foy ! fet Fouke, vous y menteréz. » Mador, qe bon e hardy maryner fust, lessa sa neef sigler ; si trespersa l'autre neef tot par my, dont la mer entra, e si fust la neef pery ; mes eynz y out meint dur coupe donee. E, quant la neef fust vencue, Fouke e ces compaignons pristrent grant richesse e vitaille, e aporterent en lur neef. A tant perist e enfoundry l'autre neef.

Fouke tot cel an entier demora costeant par Engleterre, e a nul home ne voleit fere mal si noun al roy Johan, e sovent prist son aver e quant qu'il poeit del suen. Fouke comença sigler vers Escoce. A tant lur vynt de le occident un vent favonyn e lur chaça treis jorneez de la Escoce. A tant virent un yle molt delitable e bel, a ce qe lur fust avys, e se trestrent laundreit e troverent bon port. Fouke e ces quatre freres e Audulf e Baudwyn alerent en la terre pur vere le pays e vitailler lur neef. A tant virent un juvencel gardant berbis, e, quant vist les chevalers, s'en ala vers eux e les salua de un latyn corumpus. Fouke ly demanda s'il savoit nulle viande a vendre en le pais. « Certes, sire, fet il, nanil, quar c'est une yle q'est habité de nule gent si noun de poy, e cele gent vivent de lur bestes. Mes, si vous plest venir ou moy, tele viaunde come j'ay averéz volenters. » Fouke le mercia e ala ou ly. Le vadlet lur mena par un caverne desoutz terre, qe | fust molt bele, e lur fist seer e lur lur fist asséz bel semblant. « Sire, fet le vadlet, j'ay un serjant en la montaigne. Ne vous peise, si je corne pur ly, e bientost mangeroms.— De par Dieu ! » fet Fouke. Le juvencel ala dehors le caverne e corna sys meotz e revynt en la caverne.

Bien tost vindrent sis gros e grantz vilaynz e fers, vestuz de grosse e vyls tabertz, e chescun avoit en sa meyn un gros bastoun dur e fort, e, quant Fouke les vist, si avoit suspecion de mavesté. Les sis vyleinz entrerent une chambre e osterent lur tabertz e se vestirent de un escarlet vert e sodliés d'orfreez, e de tous atirs furent auxi richement atireez come nul roy poeit estre, e revyndrent en la sale e saluerent sire Fouke e ces compaignonz, e demanderent les eschetz e um lur porta un molt riche eschecker ou meyne de fyn or e argent. Sire Willam assist un geu ; mes il le perdy meyntenant. Sire Johan assist un autre ; meintenant fust perdu. Phelip, Aleyn, Baudwyn e Audulf, chescun aprés autre, assist un giw e chescun perdy le suen. Donqe dit un des plus fers berchers a Fouke : « Voléz vous juer ? — Nanyl, fet il. — Par foi, fet le bercher, vous jueréz ou luttréz, malgré le vostre. — Par foi, fet Fouke, maveys vileyn bercher, vous y mentéz ; e, depus qe je dey luttre ou juer malgré mien, je jueroy ou vous en la manere qe j'ai apris. » Si sayly sus, haunca l'espee ; si ly fery qe la taste vola en my la place, pus un autre, pus le tierce, issi qe Fouke e ces compaignouns ocistrent tous les vileynz glotouns.

Fouke en une chambre entra e trova une vele seant e avoit un corn en sa meyn e sovent le mist a sa bouche ; mes ele ne le poeit de rien corner. Quant ele vist Fouke, ly cria merci e il la demanda dont le corn servireit, si ele poeit corner. La viele ly dist qe, si le corn fust cornee, socours lur vendreit a plenté. Fouke le corn prist e en une autre chambre se mist ; donqe vist seet damoiseles, qe a demesure furent beles e molt richement furent vestues e molt riche oevre fesoient, e, quant virent Fouke, a genoyls se mistrent e ly crierent merci. Fouke lur demanda dont il estoient e la une ly dyt : « Sire, fet, je su la fyle Aunflor, reis de Orkanye, e mon seignour fust demorant a un son chastiel en Orkanie, q'est apelee Chastel Bagot, qu'est sur la mer deleez une molt bele foreste. Avynt qe je e ces damoiseles e quatre chevalers e autres entrames un batil en la mer ; si alames deduyre. A tant survyndrent les seet fitz la vele de seynz ou lur compagnie en une neef ; si ocistrent tous nos gentz e nous amenerent sa e si ount desolé nos corps, estre nostre gree, Dieu le siet ; dont nous | prioms en le noun [51] Dieu, en qy vous creéz, qe vous nous aidéz de ceste cheytyvetee, si vous poéz de cy eschaper, quar je vey bien par vostre semblant qe vous n'estez mie de ce pays menant. » Fouke conforta les damoyseles e dyt qu'il les aydera a son poer. Fouke e ces compaignons troverent grant richesse, vitaille e armure, e ileqe trova Fouke le haubergon, qu'il tynt si riche e qe molt ama, qu'il soleit user privément, qu'il ne voleit en tote sa vie pur nul aver vendre ne doner.

Fouke richement garny sa neef e amena les dammoiseles a sa neef e les eesa en quanqu'il poeit. E pus comanda totes ces gentz qu'il se armassent hastivement, e, quant tous furent armeez a volenté, donqe leva Fouke la menee de le petit corn qu'il avoit pris de la vele, e donqe vindrent, corantz par les champs, plus qe deus centz des larons de la countree. Fouke e sa compagnie les corurent sur e yl se defendyrent vigerousement. Yleqe furent ocys plus qe deus centz des robbeours e larouns, quar yl n'y avoyt nulle gent en tote cele yle, si robbeours e larouns noun qe soleynt ocire quanqu'il porreynt ateyndre e prendre par mer. Fouke demanda Mador sy ly savoit amener par mer en le realme qe um apele Orkanie. « Oyl, certes, fet il, ce n'est qe un isle e le Chastel Bagot est molt pres de le port. » Fouke dit : « A cel chastiel vodrey je estre. — Sire, eynz huy vous y serréz. » Quant Fouke fust aryvee, dont demanda les damoyseles sy yl aveyent conisance de le pais. « Certes, sire, fet la une, c'est le realme Aunflour, mon piere. » Fouke vynt al chastiel e rendy al roy sa fyle e les damoyseles, e il a grant honour les reçust e dona a Fouke riche douns.

Fouke ad tant siglee pur vere merveilles e aventures qu'il ad envyronee les set yles de le occean, la Petite Bretaygne, Yrlande, Gutlande, Norweye, Denemarche, Orkanye, la Graunde Eschanye. En Eschanye ne meynt nul home fors serpentz e autres lede bestes. E la vist Fouke serpentz cornuéz e les corns furent molt aguz e si ount quatre peez e sunt volantz come oysels. Un tel serpent asayly Fouke e ly fery de son corn e tresperça son escu par my. Fouke s'enmervila molt de la coupe e se avysa molt bien qe, quant le serpent ly fery en l'escu, ne poeit hastivement delyverer son corn, e Fouke le bota par my le cuer de son espee. Ileqe vist Fouke beste venimouse, q'avoit teste de mastyn, barbe e pees come chevre, oreiles come de levre, e autres plusors bestes, qe seint Patrik enchaça d'Yrlande e les encloyst ileqe | vº par la vertu de Dieu, quar le prodhome seint Patrik fust bien de ly, e uncore nulle beste venymouse ne habite la terre d'Yrlande, sinoun lesartes descowés.

Fouke vet siglant vers le north par la mer occian outre Orkanye. Si trova tant de freydure e gelee qe home ne poeit la freidure durer, ne la nef en la mer pur la gelee ne poeit avant passer. Fouke se retorna vers Engleterre. A tant vynt une molt hydouse tempeste ; dont trestous quidoient pur la tempeste moryr, e il crierent devoutement a Dieu e a seint Clement qu'il lur delyvrast del torment. Ceste tempeste lur durra quinze jours ; donqe vyrent terre, mes ne savoient quele. Fouke s'en ala a terre e vist un chastiel molt biel. Il entra le chastel, quar la porte fust defermé, e ne trova leynz honme ne beste vivant ne en tot le pays, e s'enmerveila molt qe si bel lu fust de nully habitee. Revynt a sa neef; si le counta a sa meyné. « Sire, fet Mador, lessum si la neef e aloms tous a terre, estre ceux qe garderont nostre vitaile, e bien tost par aventure orroms par ascun coment il est de cet pays. »

Quant vindrent a la terre, encontrerent un pesant. Mador ly demanda quele terre ce fust e coment apelee e purquoy n'est habitee. Ly pesant lur dyt qe c'est le reygne de Yberye « e cest pays est apellee Cartage ; cest chastiel est al duc de Cartage, qe tient de le roy de Yberye; cesti duc avoit une file, la plus bele pucele qe um savoit en le regne de Yberye ; cele damoisele mounta un jour le mestre tour de cest chastel ; a tant vynt un dragoun volaunt e prist la damoisele e la porta sur un haut mount en la mer, si la manga ; cesti dragoun ad ocys e destrut tot cet pays : pur qy nul home n'est osee cet pays habiter, ne le duc n'est osee cet chastel entrer, tant est hydous le dragoun. »

Fouke se retorna a sa galye e siglerent avant. Donqe virent un grant mont en la mer. « Sire, fet Mador, c'est le mont ou meynt le dragon. Ja sumes nous tous en grant peril. — Tes tey, fet Fouke, uncore ne veiéz si bien noun. Dantz Mador, voléz estre mort de poour? Meynt dragon avoms veu e Dieu nous ad bien de peril delyveré. Unqe ne fumes uncore en peryl dont, la merci Dee, n'avoms bien eschapé. Vostre maveis confort mettreit coars a la mort. »

Fouke prist Audulf de Bracy e par degrees monta le mont, qe bien haut ert, e, quant vindrent al somet de le mont, virent meint bon hauberc, healmes e espeiez e autres armes, gisantz yleqe, e ne vyrent delees les armes nulle chose si os des gentz noun, e virent un arbre gros e bel e une fontaigne par desouth, corant de ewe bele e clere. Fouke se regarda deleez e vist une roche crosee, | leva sa destre e se seygna en le [52]
noun le Piere, Fitz e le Seynt Espyryt, saka sa espeye e mout hardiement se mist dedenz ,come cely qe s'enfya del tot a Dieu, e vist une molt bele damoisele ploraunte e grant duel demenaunte. Fouke la demaunda dont estoit. « Sire, fet ele, je su file al duc de Cartage e j'ai esté seynz seet anz e unqe n'y vy cristien seynz, s'il ne venist malgree le suen, e, si vous estes de poer, pur Dieu ! aléz vous ent, quar, si le dragoun de seynz vienge, ja mes n'eschaperéz. — Certes, fet Fouke, uncore ne vueil aler, eynz orroy e verroy plus. Damoisele, fet Fouke, qe fet le dragoun de vous ? Ne vous fet il si ben noun ? — Sire, fet ele, le dragoun est fier e fort, e portereyt un chevaler armee en ces mountz, s'il ly poeit prendre en ces powees, e meynt un ad si aportee e mangee, dount vous poéz la dehors vere les os, e pluz ayme humayne char qe nul autre, e, quant sa hydouse face e sa barbe sunt ensenglaunteez, donqe vient il a moy e me fet laver de clere ewe sa face e sa barbe e son pys, e, quant ad talent de dormyr, vet a sa couche, qe tot est de fyn or, quar il ad tele nature qu'il est trop chaut a demesure, e or est molt freyd par nature, e, pur sey refroidir, yl se couche en or, e,

quant vet a sa couche, il prent un gros piere, come vous poéz vere la, si le met a l'us devant, pur doute de moy, qe je ne le deveroy ocyre en dormant, quar il ad sen de honme e me doute grantment e a drein je say bien qe il m'ociera. — Par Deu ! fet Fouke, si Dieu plest, noun fra. »

Fouke prist la damoisele ; si la bailla a sire Audulf a garder e s'en issirent de la roche e ne furent geres issuz qu'il ne vyrent le dragoun volaunt en l'eyr venyr vers eux. Si gitta de sa bouche, qe chaut ert, fumee e flambe molt oryble, e si fust trop lede beste : si avoit grosse teste, dentz quarreez, fers les powes, long la cowe. Le dragoun, quant vist Fouke, si se fery a ly e de sa powe en volant ly fery en l'eschu qu'il l'enracha par my. Fouke leva l'espee ; si ly fery le dragoun en la teste auxi durement come il poeit, e le coup ne ly malmist de rien, ne il ne s'enmaya de rien pur le coup, tant out dur l'escharde e l'esclot devant. Le dragoun prent son cours de loyns pur durement feryr, e Fouke, qe le coup ne puet endurer, guenchy derire l'arbre q'esta utre la fontaygne. Fouke aparçust qu'il ne poeit le dragoun damager devaunt ; si se avysa, a un retorn qe le dragon fist ; si ly fery bien del corps sur la cowe e la coupa en deus. Le dragon comença crier e brayre, saut a la damoysele, si la voleit prendre e porter aylours, e sire Audulf la defendy. Le dragon prist sire Audulf de sa powe si estroytement qe, si Fouke n'ust venuz plus hastivement, il le ust afolee. Donqe vynt Fouke ; si coupa la powe e a grant peyne delyvra sire Audulf, quar durement le avoit de sa powe encloee par my le hauberc. Fouke fery le dragoun en my la bouche de l'espee e par ileqe le ocist. [v°]

Fouke fust molt las e se reposa une piece, puis ala a la couche le dragon e prist le or, quanqu'il yleqe trova, e fist aporter a sa galye. Johan de Rampaigne tasta la plaie sire Audulf e la medicina, quar bien savoit de medicines. Mador retorna sa neef vers Cartage e ariverent en la contree e rendyrent al duc sa file, qe molt fust lee quant yl la vist. La damoisele ad counté a son seignour quele vie ele ad demenee e coment Fouke ocist le dragoun. Le duc chay as pees Fouke e le mercia de sa file e ly pria, si li plust, qu'il volsist demorer en le pays, e il ly dorreit tote Cartage ou sa file en mariage. Fouke ly mercia finement de cuer pur son bel profre e dit qe volenters prendreit sa file, si sa cristieneté le poeit soffryr, quar femme avoit esposee. Ce dit, Fouke demora ileqe tan qe Audulf fust seyn de sa playe, e donqes prit congié del duc, qe molt fust dolent pur le departyr. Le duc lur dona meynt bon juel e bel e destrers molt bels e ygnels, e a chescun dona ryche dons.

Fouke e ces compaignouns siglerent vers Engleterre. Quant vyndrent a Dovre, entrerent la terre e lesserent Mador ou la nef en un certeyn leu la ou il ly porreyent trover quant vodreyent. Fouke e ces compaignons aveient enquis des paissantz qe le roy Johan fust a Wyndesoure, e se mistrent privément en la voie vers Wyndesoure. Les jours dormyrent e se reposerent ; les nuytz errerent tan qu'il vyndrent a la foreste, e la se herbigerent en un certeyn lyw ou yl soleynt avant estre en la foreste de Wyndesoure, quar Fouke savoit yleqe tous les estres. Donqe oyerent veneours e berners corner, e par ce saveyent qe le rey irroit chacer. Fouke e ces compaignons s'armerent molt richement. Fouke jura grant serement qe pur pour de moryr ne lerreit qu'il ne se vengeroit de le roy, q'a force e a tort ly ad desherytee, e qu'il ne chalengereit hautement ces dreytures e son herytage. Fouke fist ces compaignons demorer yleqe e il meymes, ce dit, irreit espier aventures.

Fouke s'en ala e encontra un viel charboner portant une trible en sa meyn ; si fust vestu tot neir come afort a charboner. Fouke ly pria par amour qu'il ly velsist doner ces vestures e sa trible pur du seon. « Sire, fet il, volenters. » Fouke ly dona dis besantz e ly pria pur s'amour qu'il ne le contast a nully. Le charboner s'en va. Fouke remeynt e se vesty meyntenant de le atyr qe le charboner ly avoit donee, e vet a ces charbons ; si comence de adresser le feu. Fouke vist une grosse fourche de fer ; si la prent en sa meyn e dresse saundreyt e landreyt ces coupons.

A tant vynt le roy ou treis chevalers tot a pee a Fouke, la ou yl fust adresaunt son feu. Quant Fouke vist le roy, asséz bien le conust e gitta la fourche de sa meyn e salua son seignour | e se mist a genoyls de- 53
vant ly molt humblement. Le roy e ces trois chevalers aveyent grant ryseye e jeu de la noreture e de la porture le charboner ; esturent ileqe bien longement. « Daun vyleyn, fet le roy, avéz veu nul cerf ou bisse

passer par ycy ? — Oyl, mon seignour, pieça. — Quele beste veitez vous ? — Sire, mon seignour, une cornuee, si avoit longe corns. — Ou est ele ? — Sire, monseignour, je vous say molt bien mener la ou je la vy. — Ore avant, daun vyleyn, e nous vous siweroms. — Sire, fet le charboner, prendroy je ma forche en mayn ? Quar, si ele fust prise, je en averoy grant perte. — Oyl, vyleyn, si vous voléz. »

Fouke prist la grosse fourche de fer en sa meyn, si amoyne le roy pur archer, quar yl avoit un molt bel ark. « Sire, mon seignour, fet Fouke, vous plest il attendre e je irroy en l'espesse e fray la beste venir cest chemyn par ycy ? — Oil, » ce dit le roy. Fouke hastyvement sayly en le espesse de la forest e comanda sa meyné hastivement prendre le roy Johan, « quar je l'ay amenee sa solement ou treis chevalers, e tote sa meysné est de l'autre part la foreste ». Fouke e sa meyné saylyrent hors de la espesse e escrierent le roy e le pristrent meintenant. « Sire roy, fet Fouke, ore je vous ay en mon bandon. Tel jugement froi je de vous come vous vodréz de moy, si vous me usséz pris. » Le roy trembla de pour, quar il avoit grant doute de Fouke. Fouke jura qu'il morreit pur le grant damage e la desheritesoun qu'il avoit fet a ly e a meint prodhome d'Engleterre. Le roy ly cria mercy e ly pria pur amour Dieu la vie e yl ly rendreyt enterement tou son heritage e quanqu'il aveit tolet de ly e de tous les suens, e ly grantereit amour e pees pur tous jours, e, a ce, ly freit en totes choses tiele seureté come yl meysmes voleit devyser. Fouke ly granta bien tote sa demande a tieles qu'il ly donast, veantz ces chevalers, la foy de tenyr cest covenant. Le roy ly plevy sa fey qu'il ly tendroit covenant e fust molt lee que issi poeit eschaper.

E revynt a soun paleis e fist fere assembler ces chevalers e sa meisné, e lur counta de mot en autre coment sire Fouke le avoit desçu, e dit que par force fist cel serement, pur quoi qu'il ne le velt tenyr, e comaunda que tous se armassent hastivement a prendre ces felons en le park. A tant pria sire James de Normandie, que fust cosyn le roy, qu'il poeit aver la vauntgarde, e dit | qe les Engleis, a poi tous les v°]
grantz, sunt cosyns a sire Fouke e pur ce sunt treitours al roy e ces felouns ne vueillent prendre. Donqe dit Rondulf, le counte de Cestre : « Par foy ! sire chevaler, sauve le honour nostre seigneur le roy, noun pas vostre, vous y mentéz. » E ly vodra aver feru del poyn, si le counte mareschal ne ust esté, e dit qu'il ne sount ne unque furent treitours a le roy ne a suens, mes bien dit que tous les grantz e ly rey meismes est cosyn al dit Fouke. Dont dit le counte mareschal : « Aloms pursyvre sire Fouke ! Donqe verra le roy qui se feyndra pur la cosynage. » Sire James de Normandye e ces quinze compaignouns chevalers se armerent molt richement e tot de blaunche armure, e furent tous noblement mountéz de blancz destrers e se hasta devant ou sa compagnie pur aver pris.

E tot lur affere avoit Johan de Rampaigne espiet e counté a sire Fouke, qe ne poeit en nulle manere eschaper si par bataille noun. Sire Fouke e ces compaignouns se armerent molt richement et se mistrent hardiement contre sire James e se defendirent vigerousement e ocistrent tous ces compaignouns, estre quatre que furent a poi naufrés a la mort, e sire James fust pris. Sire Fouke e ces compaignouns se armerent meintenant de les armes sire James e des autre Normauntz, e mounterent lur bons destrers, que blanks erent, quar lur destrers demeyne furent las e mesgres, e armerent sire James de les armes sire Fouke e lyerent sa bouche, qu'il ne poeit parler, e mistrent son helme sur sa teste e chevalcherent vers le roy e, quant yl les vist, il les conust par les armes e quida qe sire James e ces compaignouns amenerent sire Fouke.

Lors presenta sire Fouke sire James a le roy e dist qe ce fust sire Fouke. Le counte de Cestre e le counte mareschal, quant ce virent, mout furent dolentz.

Le roy pur le present ly comaunda | [54] qu'il ly baysast. Sire Fouke dit qu'il ne poeit attendre de oster son healme, quar yl ly covensist pursyvre les autres fitz Waryn. Le roy descendy de soun bon destrer e comanda qu'il le mounta, quar isnel ert a pursiwre ces enymys. Sire Fouke descendy e mounta le destrer le roy e s'en va vers ces compaignouns e s'en fuyrent bien sis lyws de yleqe e la se desarmerent en un boschage e laverent lur playes e benderent la playe Willam, son frere, qe durement fust naufré de un des Normauntz, e le tyndrent pur mort ; dont tous fesoient duel a demesure. Le roy comaunda meyntenaunt pendre sire Fouke. A tant vint Emery de Pyn, un Gascoyn qe fust parent a sire James, e dit qu'il le pendreit, e le prist e le amena un poy de yleqe e fist oster son healme e meytenant vist qe ce fu James, e delya sa bouche e il ly conta quanqe avynt entre ly e sire Fouke. Emery vint meintenaunt au roy e amena sire James, qe ly conta coment sire Fouke ly avoit servy, e, quant le roy se aparçust estre issi desçu, molt fust dolent e jura grant serement qe ja ne se devestereit de son hauberk avaunt qu'il avoit ces treytres pris, e de ce ne savoit sire Fouke rien.

Le roy e ces countes e barouns les pursiwerent par le esclot des chivals tant qu'il vindrent a poy a le boschage, la ou Fouke fust. E, quant Fouke les aparçust, plourt e weymente Willam, son frere, e se tient perdu pur tous jours, e Willam lur prie qu'il coupent sa teste e la emportent ou eux, issi qe le roy, quant trovee son cors, ne sache qui yl fust. Fouke dit qe ce ne freit pur le mounde, e prie molt tendrement en ploraunt qe Dieu, pur sa pieté, lur seit en eyde, e tiel duel come entre eux est ne veistes unqe greindre fere.

Rondulf, le counte de Cestre, vint en prime chef e, v°
quant aparçust sire Fouke, comaunda sa meisné arestier. Si voit privément a sire Fouke e li pria, pur le amour de Dieu, rendre sei al roy, e yl serroit pur ly de vie e de menbre, e qu'il serroit bien apesee al roy. Fouke redist qe ce ne froit pur tut le aver du mounde. « Mes, sire cosyn, pur l'amour de Dieu, je vous pri qe mon frere qe la gist, quant il est mors, qe vous facéz enterrer son cors, qe bestes savages ne le devourent, e les nos, quant mort sumes ; e retornéz a vostre seignour, le roy, e fetes a ly vostre service sanz

feyntyse e saunz avoir regard a nous, qe sumes de vostre sang, e nous receverons ore issi la destiné qe a nos est ordinee. » Le counte, tot em plorant, retorna a sa meyné. Fouke remeint, qe molt tendrement plourt de piété pur son frere, qe ly covent a forcé ileqe lesser, e prie a Dieu qu'il lur socourt e eyde.

Le counte comande sa meisné e sa compaignie a le asaut, e yl si ferirent vigerousement. Le counte meismes asaily sire Fouke ; mes a drein le counte perdy son chival e sa meisné fust grant partie ocis. Fouke e ces freres se defendirent hardiement, e, come Fouke se defendy, sire Berard de Blees ly vynt derere e ly feri de son espee en le flanc e le quida aver ocis. A taunt se retorna Fouke e ly referi sur le espaudle senestre ou ambedeus les mayns e ly coupa le cuer e le pulmoun, e chei mort de soun destrer. Fouke avoit taunt seigné qu'il palma sur le col de son destrer, e le espeye chey de sa meyn. Donqe comença duel a merveille entre les freres. Johan, son frere, sayly direre Fouke sur le destrer e ly sustynt qu'il ne poeit | cheyer, e se mistrent a fuyte, quar poer ne aveient de demorer. Le roy e sa meyné les pursiwyrent, mes prendre ne les purreynt. Tote la nut errerent, issi qe l'endemayn matyn vindrent a la mer a Mador, le maryner. Donqe reverti Fouke e demaunda ou il fust e en qy poer, e ces freres ly confortoyent a mieux qu'il purroient e ly cocherent en la nef en un molt bel lit e Johan de Rampayne medicina ces playes.

Le counte de Cestre avoit grantment perdu de sa gent e vist dejouste ly Willam le fitz Waryn a poy mort e prist le cors e le maunda a une abbeye pur medeciner. Au drein fust ileqe aparçu e le roy le fist venyr en litere devant ly a Wyndesoure e la fist ruer en parfounde prisone e molt fust corocé a le counte de Cestre, pur ce qu'il le cela. Fet le roy : « Fouke est naufré a la mort e cesti ay je ore ici ; les autres averei je bien, ou qu'il seient. Certes m'en poise durement de le orgoil Fouke, quar, si orgoil ne fust, il ust unquore vesqy, e, tant come il fust en vie, n'y out tiel chevaler en tot le mounde ; dont grant pierte est de perdre un tel chevaler. »

En la mer deprés Espaigne est une ysle tote close de haut roche e si n'est que une entré, si est apelee Beteloye, une demie luwe de long e autretant de lee, e la n'y avoit home ne beste habitaunt. Le sisme jour vindrent a ce ysle. Fouke comença donqe dormyr, quar sis jours devant ne avoit dormy. Ces freres e sa meisné alerent a la terre e yl meismes soulement dormy en la nef, que fust fermee a la roche. A taunt survynt un hydous vent e rompy lé cordes de la nef e emporta la nef en haute mer. Lors se enveilla | Fouke e vist les v°]
estoilles e le firmament. Apela Johan, son frere, e ces autres compaignons e nully le respondy e vist qu'il fust soulement en haute mer. Donqe comence a plurer e maldire sa destiné, que ly fust si dure, e regreta ces freres. Lors ly prist un somoil e bien tost ariva sa nef en la terre de Barbarie, a la cité de Tunes, e yleqe adonqe estoit Messobryns, le roy de Barbarie, ou quatre rois e sis admirals, qe tous furent Sarazyns. Le roi se apua en un tour vers la mer e vist cele mer-

veillouse galye arivé en sa terre e comanda deus serjauntz aler e vere ce qe fust.

Les deus serjauntz entrerent la nef ; rien ne troverent si le chevaler noun, qe uncore fust endormy. Le un le bota de ces piés e le cumaunda esveiller. Le chevaler saut sus come honme effraee ; si le fery de le poyn qu'il chay outre bord en my la mer ; le autre se mist a fuste e vint counter le roi coment ly avynt. Le roi comanda cent chevalers aler prendre cele nef e amener a ly le chevaler. Les cent chevalers, tot armés, vindrent a la nef e le assailerent de tote partz. Fouke se defent hardiement countre tous, mes a drein se rendy, a tieles qu'il ne averoit si bien noun. Yl le amenerent devant le roy e il comaunda qu'il fust bien servi en une chaunbre.

Isorie, la suere le roy, le soleit sovent visiter e conforter, e si fust tré bele e gentile damoisele, e aparçust qu'il fust playé en la flanke e ly pria pur amour que yl la dist coment out noun e de quele terre fust e en quele manere fust playé. Yl la respoundy qu'il avoit a noun Maryn le Perdu de Fraunce, e qu'il ama tendrement de cuer une damoisele, file de un counte de son pais e ele ly refist grant semblaunt d'amour, mes ele ama plus un autre. « E avynt que ly e moy un jour fumes assemblés par grant amour e ele me tint entre [56] ces bras molt estroit. A taunt survynt le autre, qe ama plus, e me feri issi de un espé e pus me mistrent en une galye en la mer pur mort e la galye me amena en icés parties. — Certes, dit Isorie, cele damoisele ne fust geres cortois. » Isorie prist sa harpe, qe molt riche fust, e fist des caunz e notes pur solacer Fouke, quar le vist bel e de corteise porture.

Fouke demaund a Isorie la bele quei fust la noyse qe fust devaunt le roy en la sale. « Certes, fet ele, je le vous dirroi. En la terre de Yberie avoit un duc qe fust apelé duc de Cartage, e avoit une tres bele fyle, Ydoyne de Cartage. Cele, vivaunt le pere, sojorna en un son chastiel de Cartage. A tant vint un dragoun qe la prist e emporta en un haut mount en la mer e la tynt plus qe sept aunz, si la qe un chevaler de Engletere, que fust apelé Fouke le fitz Waryn de Mees, vint sur cel mont e ocist le dragoun e la rendy a son piere. Tost aprés le duc morust, ele tient tote la ducheyse. Le roi, mon frere, maunda a ly messagers qu'il la prendroit a femme, e ele refusa. E, pur vergoyne qe le roi avoit, fist assembler grant pueple e destruit ces cités, abati ces chastiels. La damoisele s'enfui en estraunge regne pur quere socours : mes ore est ele revenue ou pueple saunz nombre e comence fierement a guerrer le roy e si est preste de fere bataille countre ost ou chevaler countre chevaler, issi qe, si le suen seit vencu, qe ele ayle vers sa terre, e, si le nostre seit vencu, qe le roy, mon frere, entierement restore ces damages ; e, sur ce, vindrent huy en sale fieres messagers e plust a dieu Mahoun qe vous fussez tiel qe la bataille de par le roy, mon frere, ossaséz prendre, quar | grant honeur vous v° avendreit. — Certes, ma damoysele, je su grantment tenuz a mon seigneur le rey e nomement a vous ; mes la mes bataille ne prendrei pur Sarazyn countre cristien pur perdre la vie. Mes, si le roy vueille reneyer sa ley e devenyr cristien e estre baptizé, je prendroy la bataille e salveroy sa terre e ces gentz, e ly froi aver cele damoysele dount me avéz counté. » Isorie va tot counter Messobryn, son frere, le roy de Barbarie, quanqe Fouke, que se fet appeler Maryn le Perdu de France, ly out promis. Le roy graunta meyntenaunt quanque vodra ordyner, si yl purra cele bosoigne issi achevyr.

Le jour qe la bataille fust ordyné, le roy arma mout richement sire Fouke e Isorie meismes de bone volenté ly servy. Le roy e ces Barbaryns, ces admyrals e tous ces autre gentz furent richement armés, e grant pueple ou eux, e mistrent avant son chevaler, Fouke, que devereit fere la bataille, e la duchesse mist avant le suen. Les chevalers, que fiers furent, brocherent les chivals des esperouns e fierent de launces, que tronçouns volent par les chauns. Pus treient les espiés e si entrefierent hardiement. Fouke fery le cheval son compaignon, que mort le abati ; mes, a son vueil, yl ust feru le chevaler. Quant le chevaler fust a terre, dont dit : « Maveis payen, maveis Sarazyn de male foy, Dieu de ciel vous maldie ! Purquoy avéz ocis mon chival ? » Fouqe descendy a pié e s'entrecombatyrent durement tot le jour. Quant fust a poy a vespree, dit le chevaler a Fouke : « Daun paien, tu es fort e vigerous. Par amours, dy moy ou nasquiste vous ? — Si vous plest saver mon nation, je ne le vous dirroi mye, | si vous ne me diéz eynz del vostre. — E je [57] le vous grant. » Le chevaler ly dit qu'il fust cristien, nez en Engletere, le fiz Waryn de Mees, e fust appelé

Phelip le Rous, e counta de mot en autre tot par ordre entierement tote sa vie e ces freres, e come la ducheyse vynt en une nef par le ysle de Beteloye e les resçust en la nef e les sauva, quar demy an e plus y furent e mangerent lur chivaus pur feym. « E, quant la countesse nous ust veu, meintenaunt nous conuste nous trova quanqe mestier nous fust, e nous counta que ele vint de Engletere e la nous avoit quis pur sa gere meintenyr. E tiele dure vie avoms demeyné. » Lors dit Fouke : « Beu frere Phelip le Rous, ne me conuséz vous ? Je su Fouke vostre frere. — Nay, certes, daun Sarazyn, non estes ; mes ore me vodréz engyner. Par Dieu ! noun fres. » Donqe ly dit Fouke verroy enseigne, qu'il bien conust. Donqe demenerent grant joye e respiterent la bataille tan qe l'endemeyn. Phelip conta la ducheyse qe ce fust Fouke, son frere, ou qy il avoit combatu, issi qe, par le consayl Fouke e Phelip e ces autres freres, le roy e tote sa meysné furent baptizé, e le roy esposa la duchesse a grant honour.

Fouke e ces freres e sa meyné demorerent une piece ou le roy, pus se aphesterent mout richement vers Engletere. Le roy lur dona or, argent, chivals, armes e totes richesses que il voderount aver ou coveyter, e emplyrent lur nef de taunt de richesse qe a merveille. Quant furent arivéz privément en Engleterre, Fouke ordina qe Johan de Raunpayne se freit marchaunt e enquerreit ou le roy Johan fust e si Willam, soun frere, fust en vie ou ne mye. Johan se apparilla | v° molt richement a gyse de marchaunt, vint a Loundres e se herberga a la mesoune le meyr e se fist servir molt richement e se acointa ou le meyr e tote la meyné, e lur dona bel douns e pria al meir qu'il ly fesoit aver conisaunce de le rey, issi qu'il purreit ariver sa nef en sa terre. E quanqu'il parla fust latyn corupt ; mes le meir le entendy bien.

Le meir le amena devant le roy Johan a Westmoster e le marchant mout cortoisement ly salua en son langage. Le roy l'entendi bien e demaunda qui il ert e dont vint. « Sire, fet il, je su marchaunt de Grece ; si ay esté en Babiloyne, Alixandre e Ynde le Majour, e ay un nef chargé de avoir de pois, riche dras, perye, chevals e autres richesses qe grantment purreint valer a ceste reigne. — Je vueil, fet le roy, que vous e vos bien aryvéz en ma terre, e je vous serroi garant. » E furent comaundéz demorer a mangier. Le meir e le marchant mangerent ensemble devant le roy. A tant vindrent deus serjauntz de mace e amenerent en la sale un chevaler, grant corsu, longe barbe e neyre, e fieblement atyré, e le assistrent en my le eyr e ly donerent a manger. Le marchaunt demaunda al meir qui ce fust e il ly dit : « Un chevaler, nomé sire Willam le fitz Waryn », e ly counta entierement tote le estre de ly e ces freres. E, quant il le oy nomer, donqe fust molt lee qu'il le vist en vie ; mes molt a deseesee de cuer qu'il le vist si meseysé. Le marchant al plus tost qu'il poeit se hasta vers sire Fouke e ly counta tot soun affere e fist amener la nef auxi pres ¦ la cité come 58
il poeynt. L'endemeyn le marchant prist un palefroy blanc, si bel ne fust en tote le roialme, e le presenta a le roy Johan, qe molt leement le reçust pur sa bel-

té. Le marchant dona si largement qu'il se fist amer de tous e poeit fere en court quanqe ly plust.

Un jour prist ces compaignons e se armerent bien e pus vestirent lur gounes, come a mariners apent. Vindrent a Westmoster, a court, e ileque furent noblement resçuz e virent Willam le fitz Waryn, qe fust amené de ces gardeins vers la chartre. Le marchaunt e ces compaignouns, malgree les gardeynz, le pristrent a force e le aporterent a lur batil, que flota asséz pres desouz le paleis, e se mistrent eynz. Les gardeynz leverent la menee e les pursiwyrent. Les marchauntz furent bien armés e se defendirent hardiement e s'eschaperent a lur galye e siglerent vers haute mer. Quant Fouke vist Willam, son frere, e Jon de Rampaigne, qe fust marchant, ne fet a demaunder si lee fust, e s'entrebeyserent e chescun counta autre sa aventure e son meschief, e, quant le roy entendy qu'il fust engyné par le marchant, molt se tynt mal bayly.

Fouke e ces compaignouns aryverent en Bretaigne le Menour e demorerent la demy an e plus ou ces parentz e cosyns. A tant se purpensa qu'il ne lerreit pur rien qu'il n'yrreit en Engletere. E, quant vint en Engletere en la Novele Forest, ou yl soleit converser, encontra le roy que pursiwy un cengler. Fouke e ces compaignouns le pristrent e sis chevalers ou ly, e le ame | nerent en lur galye. Le roy e tous les suens v° furent molt esbays ; molt de paroles furent, mes a dreyn le roy lur pardona tot son maltalent e lur rendi tote lur heritage e lur promist en bone fei qu'il freit crier lur pees par tote Engletere, e, a ce fere, lessa ses sis chevalers ou eux en hostage si la qe la pes fust crié.

Le roy s'en ala a Westmostier e fist assembler countes, barouns e la cleregie, e lur dit apertement qu'il avoit de gree graunté sa pees a Fouke le fiz Warin e a ces freres e a tuz lur aherdauntz, e comanda qu'il fuissent honorément resçuz par tot le roialme, e lur granta entierement tot lur heritage.

Quant Hubert, le erchevesqe, ce oy, molt fust lee e maunda meyntenaunt ces letres a Fouke e al counte de Gloucestre e a Rondulf, le counte de Cestre, e a Hue, counte mareschal, qu'il venissent hastivement a ly a Caunterbery, e, quant furent venuz, ordinerent qe Fouke e ces freres se rendreynt a Loundres, a le roy. Fouke e ces freres e les trois countes, ou lur poer, se apparillerent auxi richement come yl saveient e poeynt ; si vindrent par mi Londres ou noble apparail e s'engenoillerent al roy a Westmoster e se rendirent a ly. Le roy les reçust e lur rendy quanqe lur fust en Engleterre, e les comaunda demorer ou ly e si firent yl un moys entier. Puis prist Fouke congié e demora ou le counte mareschal e le counte ly dona sur Asshesdoune, Wantynge e autres terres. Fouke e ces freres se armerent a talent e vindrent a Abyndone e remuerent de ileqe quanqu'il purreynt | trover a vendre, [59
e les firent porter e carier a Wantynge, e fist feyre yleqe e ville marchande, que pus en sa ad esté tenu e uncore est.

Fouke prist coungé de le counte mareschal e s'en ala a le counte Rondulf de Cestre, que se apparila ou grant pueple vers Yrlaunde, pur defendre ces droitz yleque. Quant il furent arivéz, si virent grant assemblé de lur enymis. Le counte comaunda qe tous se armassent, e le counte avoit ou ly treis juvencels freres, qe furent gent de grant valour e force. e furent armés e bien mountés, e ou eux fust Fouke. A taunt virent un hidous geant entre lur enimys, que fust bien armé, tot a pié, hidous, neir e orrible, plus long que nul autre de douze piés, e criout : « Counte de Cestre, maundéz moy le plus vailant chevaler qe vous avéz pur dereyner vostre dreit. » Les treis juvencels, que le oyrent, se mistrent a ly, chescun aprés autre, e il les ocist meyntenaunt de sa hasche qu'il tynt. A tant lest Fouke coure le destrer e ly vodra aver feru de sa launce e le geant gwencha un poy e fery a Fouke, qu'il le ust a poy afolee. Fouke le dota grantment e le avysa bien, issi qe de sa launce le fery par mi le cors. Yl chay a terre e, en gisant, fery le cheval Fouke e ly coupa les deus piés. Fouke chay a terre e resailly e saka l'espee e coupa se teste e emporta sa hasche a Blauncheville, ou Fouke avoit fet fermer en marreis un chastel fort e bel. Eissi conquist le counte | [v°] tous ces terres e chastiels en Irlaund, e, quant avoit ileqe demorree e restorré ces terres, pus retorna en Engleterre.

Fouke vint a Blauncheville e trova ileqe Mahaud, sa femme, e ces enfaunz, qe molt furent lee de sa venue, e grant joye entrefirent. Donqe fist Fouke aporter ces tresours e ces richesses. Terres, chivals dona a ces serjauntz e amis molt largement, e meintint sa terre a grant honour.

Fouke se purpensa qu'il avoit grantment meserré countre Dieu, come en occisioun des gentz e autres grauntz meffetz, e, en remissioun de ces pecchiés, founda une priorie en le honour de Nostre Dame Seinte Marie, de le ordre de Grantmont, pres de Alberburs, en le boschage sur la rivere de Sauverne, e si est appelee la Novele Abbeye. E, n'i a geres aprés, morust dame Mahaud de Caus, sa femme, e fust enterree en cele priorie e, bone piece aprés qe cele dame fust devyé, Fouke esposa une molt gentile dame, dame Clarice de Auberville, e de la une e l'autre dame engendra bials enfauntz e molt vaillauntz.

Quaunt dame Johane, la femme Lowis, le prince de Walys, que fust la file le roy Henri de Engleterre, fust devyee, pur le grant renoun de prowesse e de bounté que sire Fouke aveit, yl maunda a ly pur Eve, sa file, e il la graunta, e a grant honour e solempneté furent esposee. Mes Lowis ne vesqui que un an e demi aprés ; morust, e fust ensevely a Aberconewey, saunz heir ȩngendré de Eve, e pus fust ele espose a ly sire de Blancmostiers, que fust chevaler de grant aprise, co- 60
ragous e hardy.

Fouke e dame Clarice, sa femme, une nuit chocherent ensemble en lur chaunbre. La dame dormy e Fouke veilla e se purpensa de juvente e molt se repenti de cuer de son trespas. A taunt vist en la chaunbre si grant clareté que a merveille, e se pensa que se poeit estre. Donque oy une vois, come se fust de tonayre en le heir, e disoit : « Vassal, Dieu te ad graunté ta penaunce, que mieux valt ci qe aillours. » A cele parole la dame enveilly e vist la grant clareté e mussa sa face de pour. A taunt envanist cele clareté e, pus cele clareté, unqe ne poeit Fouke vere plus, mes fust veogle pur tous jours.

Cesti Fouke fust bon viaundour e large, e fesoit turner le real chemyn par mi sa sale, a soun maner de Alleston, pur ce que nul estraunge y dust passer, s'il n'avoit viaunde ou herbergage ou autre honour ou bien du suen. Merlyn dit que

En Bretaigne la Graunde
Un lou vendra de la Blaunche Launde.
Douze dentz avera aguz,
Sys desouz e sis desus.
Cely avera si fer regard
Qu'il enchacera le leopard
Hors de la Blaunche Launde,
Tant avera force e vertue graunde.
Mes nous le savom qe Merlyn
Le dit par Fouke le fitz Waryn,
Quar chescun de vous deit estre ensur
Qe en le temps le roy Arthur
La Blanche Launde fust appelee
Qe ore est Blaunchevile nomee.
Quar en cel pays | fust la chapele [v°]
De Seynt Austyn, que fust bele,
Ou Kahuz le fitz Yweyn sounga
Qu'il le chaundelabre embla
E qe il a un home acountra,
Qe de un cotel le naufra

E en la costé le playa,
E il, en dormaunt, si haut cria
Qe roi Arthur oy le a
E de dormir esveilla.
E, quant Kahuz fust esveillee,
Si mist sa meyn a son costee ;
Le cotel yleqe ad trovee
Que par mi ly out naufré.
Issi nous counte le Graal,
Le lyvre de le seint vassal.
Yleqe recovery ly reis Arthur
Sa bounté e sa valur,
Quant il avoit tot perdu
Sa chevalerie e sa vertu.
De cel païs le lou issist,
Come ly sage Merlyn dist,
E les douze dentz aguz
Par son escu avom conuz.
Yl porta l'escu endentee,
Come les disours ont devisee :
En l'escu sunt douze dentz
De goules e de argentz.
Par le leopart puet estre conuz
Le roy Johan e bien entenduz,
Quar il porta en son escu
Les leopartz de or batu.

Cesti Fouke remist sept aunz veogle e soffri bonement sa penaunce. Dame Clarice morust e fust ensevely a la Novele Abbeye. Aprés qi mort, Fouke ne vesqui qe un an e morust a Blaunchevyle ; a grant honour fust enterré a la Novele Abbeye. De la alme de cui Dieus eit merci ! Joste le auter gist le cors. Deus eit merci de tous, vifs e mortz ! Amen.

CORRECTIONS FAITES AU MANUSCRIT [1]

2, 25 a] as — 3, 6 *et* 7 dedens, dehors] de dens, de hors — 5, 13 entra] entrat — 5, 25 or *en interligne* —8, 1 de] de de—8, 17 en] e—10, 22 desarmerent] desamerent — 14, 29 fust *en interligne* — 15, 4 son *en interligne* — 16, 14 choses *en interligne* — 17, 1, 2 *et* 3 *depuis* dount *jusqu'à* pardoun *en interligne et en marge* — 18, 14... *nom laissé en blanc dans le ms.* — 19, 29 ele *en interligne* — 22, 25 cheier *en interligne* — 23, 13 e] en — 23, 30 le pays] les pays — 24, 16 asaylirent] aysaylirent — 28, 28 a Wormeslowe *en interligne* — 31, 10 mout fust] fut mout fust — 31, 21 *et* 22 *depuis* qe *jusqu'à* Mountgomery *en interligne* — 31, 24 roy *en interligne devant* Johan — 32, 21 Fouke *en interligne* — 32, 24 devaunt] devaint *ou* devamt — 34, 27 lys] glys — 35, 27 roy *en interligne* — 35, 30 gans] gyans — 36, 27 fount] fomt — 39, 30 me *en interligne* — 40, 11 mounteez] momteez — 42, 5 le gent] lele gent — 42, 16 sale] sala — 43, 2 nul *en interligne* — 47, 28 furent] furentz — 48, 28 veit *en interligne* — 49, 10 la *en interligne* — 50, 30 qe *en interligne* — 52, 21 e] a ; cf. 61, 26 ; 71, 25 ; 67, 6 (*v.* l. a *au glossaire*) — 52, 23 Audulf *en interligne* — 53, 29 la *en interligne* — 55, 10 de *en interligne* — 55, 12 mena a] menaa a — 55, 14 compaignouns] compaignoms — 57, 30 un *en interligne* — 58, 6 terre] terree — 58, 18 ton] son — 58, 24 avera *en interligne* — 61, 15 viele *écrit avec les deux dernières lettres confondues en une seule* — 61, 26 e quatre] a quatre (*v.* l. a *au glossaire*) — 65, 12 *et* 13 *depuis* Fouke *jusqu'à* estoit *en interligne* — 67, 6 e] a (*v.* l. a *au glossaire*) — 67, 14 ly *en interligne* — 68, 20 vist *en interligne* — 70, 3 *à partir de* e *l'écriture change* — 71, 25 e laverent] a laverent (*v.* l. a *au glossaire*) — 72, 10 pursiwerent] purserent — 76, 2 porture] poiture — 77, 9 arma] armer — 80, 22 lerreit *en marge* — 82, 1 vers Yrlaunde *en interligne et d'une autre main*.

1. La leçon adoptée dans notre texte est celle qui suit le numéro de page et de ligne : la leçon imprimée après le crochet est celle du ms. que nous avons rejetée.

INDEX DES NOMS

1. La parenthèse comprenant un *W.* suivi de chiffres et mise là a fin des notes renvoie aux pages de l'édition Th. Wright, d'où sont tirées la plupart de nos remarques historiques. — Les noms précédés d'un astérisque sont ceux de personnages ou de lieux fictifs ou légendaires et de personnages historiques considérés comme légendaires (ARTHUR, BRUTUS, etc.). — Le signe (?) indique qu'on ne possède aucun renseignement sur l'objet de l'article. — Les dates concernant GARIN de Metz et ses descendants sont données dans le *Tableau généalogique*, p. 101.

Jean accorda successivement trois saufs-conduits à Foulques en 1203 : *le* 1er, *le* 20 *août, de Verneuil* ; *le* 2e, *le* 12 *septembre, de Herbelot* ; *le* 3e, *le* 2 *octobre, de Montfort. Enfin le* 15 *novembre le roi accordait un pardon définitif à Foulques et à ses compagnons de révolte (v. Thomas Duffus Hardy,* Rotuli litterarum patentium, *etc.*, anno 5° Johannis, I, 1).

Sarazyn, Sarazyns, 74, 29 ; 76, 29 ; 77, 21 ; 78, 12 ; *Sarrasin (s).*

SEINT CLEMENT 63, 28, *Saint Clément. Patron des marins.*

SEINT DENYS 57, 13, *Saint Denis.*

SEINTE MARIE 4, 24 ; 47, 19, NOSTRE DAME SEINTE MARIE 83, 4, *la Vierge.* — Novele Abbeye 83, 7 ; 85, 29 ; 86, 2, *La Nouvelle Abbaye (à Alberbury). La charte de confirmation de la fondation de cette abbaye est datée de Hereford,* 12 *décembre* 1171. *C'est donc probablement à Foulques II, en tout cas pas à Foulques III, qu'il faut faire remonter l'origine de ce monument. Foulques III s'y retira d'ailleurs sur la fin de sa vie (W.* 229).

SEINT MICHEL 9, 10, *Saint Michel.*

SEINT PATRIK 63, 17 ; 63, 19, *Saint Patrick.*

SEYNT AUSTYN, *v.* AUGUSTYN.

SEYNT CYRYAC 17, 2, *Saint Cyriaque. Martyrisé à Rome le* 16 *mars* 303, *honoré le* 8 *août.*

SEYNT ESPYRYT 65, 9, *le Saint-Esprit.*

Seynte Terre, *v.* Terre.

Seynt Pierre 2, 13, *abbaye de Shrewsbury. Dédiée à saint Pierre, fondée, comme il est dit ici, par Roger de Montgomery ; la construction commença en* 1087 *(W.* 185).

SIBILE 29, 24, *Sibylle. De parenté non identifiée ; femme de Pain Saint John, mariée avant* 1125, *veuve en* 1136 *(W.* 204) ; *confondue dans notre texte avec la suivante.*

SIBILLE 29, 18, *Sibylle. Fille aînée de Joce de Dinan, femme de Hugh de Plugenai, veuve en* 1199 *(W.* 204) ; *confondue dans notre texte avec la précédente.*

Temede 3, 4 ; 13, 16 ; 28, 10 ; 28, 11, *la Teme. Rivière, affluent de la Severn.*

Terre Seynte 31, 12, *la Terre Sainte.*

*THEBAUD 9, 21, *Thibauld, fils de Jean duc de Bretagne.*

THEBAUD LE BOTILER, *v.* BOTILER.

THOMAS CORBET, *v.* CORBET.

THOMAS COSHAM, *v.* COSHAM.

Tour, Blanchetour, 9, 5 ; 11, 4, Blaunche 8, 16 ; 9, 12, *Blanche Tour* ou *Tour Blanche. Tour de Whittington.*

TOUR, MELETTE DE LA BLANCHE, 11, 3 ; BLAUNCHE, 8, 20 ; 8, 22 ; 9, 12 ; 11, 12 ; 17, 26 ; 17, 28 ; 25, 3 ; 27, 23 ; 27, 25 ; *Melette de la Blanche Tour. Donnée comme nièce de William Peverell (v.* PEVEREL WILLAM), *comme femme de Garin de Metz et mère de Foulques II* (?).

Troyene 2, 21, *Troyen.*

Tunes 74, 27, *Tunis.*

UMFREVILLES 9, 27, *les Umfreville.*

*URIEN 9, 21, *Urien. Fils de Jean, duc de Bretagne.*

Vele Marche, *v.* Bran Chastiel.

VYLEYNE, *v.* EMELINE.

Walys, *v.* Gales.

Wantynge 81, 23 ; 81, 26, *Wanting. Maintenant appelé Wantage (Berkshire). Fut donné à Foulques III pour le récompenser des services militaires qu'il avait rendus. Cette donation ne date que de* 1215, *c. à d. douze ans après l'époque indiquée ici (W.* 228-229, 30).

WARIN, WARYN, *v.* GARIN, FITZ GUARIN, FITZ WARIN.

WATER DE LACY, *v.* LACY.

Wayburs 8, 1, *Waybury. Près de Whittington (Shropshire).*

WEMME, HAUWYSE, DAME DE, 53, 23, *Hauwise, dame de Wem. Fille de Foulques III et de Maude de Caus ; a dû, en effet, épouser William Pantulf, baron de Wem, qui mourut en* 1233 *(W.* 216).

Westmoster 79, 6 ; 80, 5 ; 81, 18, *West*

TABLEAU GÉNÉALOGIQUE DE LA FAMILLE FITZ WARIN

GARIN de Metz (Henri I)

1. Roger FITZ WARIN (v. 1145) † 1155
2. Fulk FITZ WARIN I (v. 1145) † 1170-71 =
3. William FITZ WARIN de Burwardsley (1165-1172)

Enfants de Fulk FITZ WARIN I :

1. Fulk FITZ WARIN II † v. 1197 = Hawise, fille de JOCE de DINAN † après 1226
2. Ralph FITZ WARIN (v. 1180)
3. Richard FITZ WARIN (v. 1180)
4. WARIN (v. 1180)

Enfants de Fulk FITZ WARIN II et de Hawise :

1. Fulk FITZ WARIN III (1201-1251) † v. 1256-57 = 1re femme, Mathilde, fille de Robert LE VAVASOUR, veuve de Theobald WALTER, mariée v. 1207 † 1226 ; = 2e femme, Clarice de Auberville, 1250
2. William FITZ WARIN (v. 1203 1236)
3. Philip FITZ WARIN (1203)
4. John ou Ivo FITZ WARIN (1203)
5. Richard FITZ WARIN (v. 1195-96)
6. Alan FITZ WARIN (1195-1203)

Enfants de Fulk FITZ WARIN III :

1. Fulk FITZ WARIN IV (1252) † 14 mai 1264 = Constancia † après 1266
2. = Fulk Glas de ALBERBURY I (1262-1292) † 1311
   - Fulk Glas II (1311, 1324)
3. Hawise FITZ WARIN, femme de William PANTULF, baron de Wem
4. Jeanne FITZ WARIN, femme de Henry de Pembrige
5. Eva FITZ WARIN

Fils de Fulk FITZ WARIN IV et de Constancia :

Fulk FITZ WARIN V = Mabie fille de GRIFFIN ap GWENWYNWYN, Prince de Powis. né v. 1252, † v. déc. 1314

(Les dates données entre parenthèses sont celles fournies par des actes d'archives auxquels ont pris part les personnages respectifs).

GLOSSAIRE

A

1. a 52, 21 (a juerent), 61, 26 (a quatre), 67, 6 (a fist), 71, 25 (a laverent), *et (remplacé dans notre édition par e)*.

2. a, 11, 19, *en* ; 22, 25 ; 40, 20, *par*, 66, 25, *sur*.

abit 39, 21, *habit*.

achevyr 77, 8, *accomplir*.

acord 20, 4, *trêve* ; 46, 10, *réconciliation*.

acordeer a 54, 23, *se mettre d'accord avec* ; accordeez 17, 23 ; 20, 2, *mis(es) d'accord*.

acosterent 59, 4, *longèrent les côtes*.

adeser 5, 2, *toucher*.

adresaunt 68, 21, *tisonnant* ; adresser 68, 20, *tisonner*.

ael, 58, 11, *aïeul*.

a(f)fere 9, 17, *ce qui concernait* ; 37, 23, *besoin*.

affermez 18, 20, *jurés, conclus*.

affy 46, 13, *j'ai confiance* ; affyer 55, 2, *avoir confiance* ; plus afiez 7, 23, *en qui il avait le plus de confiance*.

afolee 66, 29, *écrasé* ; 82, 16, *blessé*.

afort 68, 14, *il convient (pour* afert, *avec passage de* e *à* o *comme dans d'autres cas :* forement *au lieu de* ferement, rovet *au lieu de* revet. *Pour* afort *le changement a pu être facilité par une vague réminiscence du verbe anglais :* to afford).

aguz 6, 13, *pointus. Les* dentz agus *rappellent la croix d'azur endentée (4, 14) qui ornait l'écu de Foulques Fitz Warin.*

aherdauntz 81, 6, *adhérents*.

aler 17, 13, *départ* ; 57, 16, *partir* ; aler pur 52, 15, *aller chercher* ; ayle 76, 22, *qu'elle aille* ; vet 7, 10, voit 72, 22, *va* ; irreit 68, 11, yrreit 80, 23, *irait*, irreynt 45,8, *iraient* ; irroy 51, 21, *irai*.

alme 5, 12 ; 28, 17 ; 86, 2, *âme*.

alosee 43, 17, alosecz 42, 9, *accusé(s)*.

alowé 56, 22, *loué*.

ambedeuz 57, 1, *tous les deux*.

ambepartz, d', 13, 14, *des deux côtés*.

amendes 57, 18, *et je ferai hautement amender ce qui vous pousse à me quitter*.

amer 30, 20, *aimer*.

amerreit 37, 14 ; 41, 22, *amènerait* ; amerroi 38, 4, *amèneras* ; amoyne 69, 10, *il amène*.

amisté 18, 27, *amitié*.

amour, jour d', 17, 21, *traduction littérale de l'anglais* love-day, *jour fixé pour soumettre les différends à l'arbitrage ; c'était en général l'Eglise qui organisait ces « jours d'amour » et elle en faisait une occasion de profits et de réjouissances ; v. Th. Wright, o. c., p. 1-5.*

anuy 13, 19, *peine*, anuys 16, 10, *malheurs*

anuytee, fust, 4, 16, *la nuit tomba*.

aparçust 25, 23 ; 31, 23, *aperçut*.

aparisaunt 50, 19, *visible*.

apendeit 46, 25, *dépendait* ; apent 7 15, *en dépend* ; 80, 4, *convient*.

apesee 72, 24, *réconcilié*.

apparaill 81, 18, *équipement*.

apparila, se, 81, 30, *s'apprêta*.

Les mots sont classés dans l'ordre rigoureusement alphabétique : mais les graphies comme *cambre* et *chaunbre* ; *honour* et *onour* ; *cengler* et *sengler* ; *seintz* et *saunz* ; *teles* et *tieles* ; *towayles* et *tuayles* ; *irreit* et *yrreit*, et les formes verbales ont toutes été groupées dans le même alinéa.

On n'a eu recours aux renvois que dans les cas où il a semblé que le lecteur pourrait avoir une difficulté grave d'identification.

apparillementz 9, 24, *équipements.*
aportenauntz 25, 12, *appartenant.*
aprendre 12, 8, *instruire.*
aprés 22, 17, *d'après.*
aprise 12, 9 ; 83, 21, *expérience, valeur.*
apua, se, 74, 30, *s'appuyait* ; apuant 39, 24, *appuyant.*
arblasters 12, 30 ; 38, 21, *arbalétriers.*
archer 69, 10, *tirer.*
arderent 12, 18, *brûlèrent* ; ardrount 19, 25, *brûleront* ; ardy 25, 21 , *brûla* ; ars 23, 9 ; 24, 21 ; 24, 23, arse 3, 11, arses 2, 2, *brûlé(e)(s).*
aresona 16, 6, *s'entretint avec* ; 51, 8, *interpela.*
arestier 72, 22, *s'arrêter.*
ariver 79, 3, *faire aborder.*
ark 60, 11, *arc.*
asaily 73, 9, asayly 4, 29, *attaqua.*
asayereit 4, 12, *éprouverait, vérifierait.*
ascun 64, 8, *quelqu'un.*
asentę, se, 16, 9, *elle donne son assentiment.*
asistrent 11, 28, *fixèrent* ; assist 60, 28, *engagea* ; assistrent 26, 7, *assiégèrent* ; 79, 19, *installèrent.*
asque 44, 10, auke 17, 27, *quelque peu.*
assent 24, 20, *assentiment.*
asser 15, 6, *acier.*
asur 4, 14, *azur.*
ateyndre 62, 22, *atteindre.*
atireez 60, 24, *vêtus.*
atirs 60, 24, atyr 68, 19, *vêtements.*
atyré 79, 19, atyree 55, 26, *vêtu* ; atyrerent, se, 41, 2 ,*se vêtirent.*
auke, *v.* asque.
auner 19, 23, *réunir.*
aungle 5, 18, *ange.*
aunte 34, 16, *tante.*
aunz 76, 10, *ans, années.*
auter 86, 3, *autel.*
autre 5, 10, *mot pour mot, tout au long* ; 27, 24, *le reste de leur maisnie.*
auxi 51, 25, *aussi.*
avala 16, 19, *fit descendre.*
avant 69, 5, *en avant.*
avanterez, vous, 22, 18, *vous vous vanterez.*
avendreit 76, 27, *adviendrait* ; avensist 35, 24, *advînt.*
aventure 47, 30, *circonstances de l'affaire.*
avenue 26, 14, *rencontre.*
aver 34, 2, *avoir (subst.)* ; 33, 15 *avoir (verbe)* ; averei 74, 6, *j'aurai* ; ou 6, 29, *eut* ; ount 7, 17, *ont* ; usse 15, 14, *j'eusse* ; usséz 69, 21, *eussiez* ; ust 14, 3, *eût.*
avespry 10, 19, *la nuit tomba.*
avoir de pois 79, 11, *épices.*
avyseez vous 56, 1, *faites attention.*
award 32, 18, *leur accorder jugement de cour, que l'arrêt dût être favorable ou non.*
aye 4, 22, *aide.*
ayle, *v.* aler.
aylours 21, 10, *ailleurs.*

B

bachiler 15, 29, *jeune homme.*
bailla, 66, 7, bayla 18, 24, *donna.*
bandon 69, 20, *pouvoir, disposition.*
banere 12, 27, *bannière.*
baroun 8, 26, *mari* ; barouns 28, 26, *barons.*
bastoun 44, 11 ; 60, 20, *bâton.*
batailee 59, 5, *armée.*
bataillee 48, 13, *fortifié.*
batil 61, 27; 80, 9, *bateau.*
bayl 24, 24, bayle 17, 4 , 24, 26, *enceinte.*
bayly, mal, 80, 19, *maltraité.*
baysast 71, 17, *baisât.*
beals 12, 20, bel 15, 21; 58, 9, beles 8, 19, bels 67, 21, biel 64, 2, beu 78, 10, *beau(x), belles (sens propre et terme de parenté.)*
bealté 7, 22 ; 8, 23, belté 79, 30, *beauté.*
benderent 71, 25, *mirent un bandage à.*
beneit 15, 22, benet 56, 19, *béni.*
benoysoun 41, 12, *bénédiction.*
berbis 60, 4. *brebis.*
bercher 61, 5, berchers 61 2, *berger(s).*
berners 68, 4, *rabatteurs.*
besael 58, 11, *bisaïeul.*
besantz 68, 16, *besants.*
beu 52, 17, *bu* ; beyre 52, 30, beyvre 26, 9 ; 52, 25, *boire.*
beysir 53, 13, *baiser.*
bien 84, 9, *bien (subst.)* ; 31, 15 ; 49, 28, *jouit de la pleine faveur de.*
bisse 68, 30, *biche.*
blanks 22, 2, *blancs.*
blescé 30, 10, *blessé.*

boschage 71, 25 ; 83, 6, boschages 34, 11, *bois.*
bosoigne 9, 18, *affaire.*
bota 63, 14 ; 75, 5, *frappa.*
bounté 52, 12, bountee 27, 30, *bonté.*
brayerent 21, 22, *hurlèrent* ; brayre 66, 25, *hurler.*
brocha 26, 25, *piqua.*
bugle 38, 15, *cor.*
busynes 10, 8, *trompettes.*

C

cambre 54, 20, chaunbre 75, 15 ; 83, 24, *chambre.*
carier 81, 26, *transporter.*
caucé 48, 23, *chaussée.*
caunz 76, 1, *chants.*
cengler 80, 25, sengler 6, 16, *sanglier ; indique Morris de Powis ; cf.* p. 34, 25.
certeygnes 45, 1, *certaines.*
cestee 6, 27, *cette.*
chalenger 25, 16, *revendiquer.*
chapelet 37, 21 ; 37, 22, *couronne, chapeau de fleurs.*
char 65, 24, *chair.*
charboner 68, 12, *charbonnier.*
charbouns 23, 20, *charbons.*
1. chartre 32, 12, *charte.*
2. chartre 80, 7, *prison.*
chaunbrere 16, 1, *chambrière.*
chaundelabre 84, 27, *candélabre.*
chauns 77, 17, *champs.*
chaut 65, 29 ; 66, 10, *chaud(e).*
chay 4, 1 ; 36, 14 ; 40, 18 ; 67, 12 ; 75, 7, chei 73, 16, chey 73, 17, *tomba* ; cheier 22, 25, cheyer 73, 20, *tomber.*
chef 72, 20, *en tête.*
chens 40, 15, *probablement* = dens *qu'il faut joindre à* de (40, 14). *La difficulté de cette interprétation provient du fait que cette forme* chens = dens *ne se trouve nulle part ailleurs dans notre texte. Peut-être y a-t-il confusion de* dens *avec* chens (= céans).
chere 14, 14, *figure*
cherté 12, 10, *amitié.*
chevoyls 44, 25 ; 51, 26, *cheveux.*
cheytyvetee 62, 3, *captivité.*
chivaus 78, 5, *chevaux.*
chyvalchant 37, 19, chyvalchaunt 27, 12, *chevauchant.*
chocherent 83, 23, *couchèrent* ; cochier 21, 7, *se coucher.*
cleregie 81, 4, *clergé.*
clochaunt 39, 24, *boitant.*
close 74, 12, *entourée.*
cointe 25, 23, *prudent, rusé.*
comanda 28, 19, *il lui confia toute son armée et lui ordonna de prendre beaucoup de gens.*
come 35, 11, *comme si c'était des chasseurs.*
confermé 32, 2, *confirmé.*
confort, mavais, 64, 30, *appréhensions.*
conforter 16, 4 ; 75, 16, *réconforter.*
conisance 62, 28, conisaunce 79, 2, *connaissance.*
conteckaunt 30, 16, *cherchant noise.*
contendreynt, se, 16, 22, *se comportaient*
continances 10, 15, continaunce 10, 19, *attitude(s).*
contrarious 30, 4 ; 49, 8, *méchant.*
contre 21, 15, *en face de.*
contreester 25, 22, *résister.*
conuséz 15, 20 ; 78, 10, *avez reconnu.*
converser 80, 24, *fréquenter.*
1. corn 61, 12, corns 10, 8 ; 38, 12, *cor(s).*
2 corns 63, 8 *cornes.*
cornuee 69, 2, cornuéz 63, 8, *cornue, cornus.*
corps, vostre, 19, 26 *vous-même*, corps nos, 61, 30, *nous-mêmes.*
corsu 79, 18, *corpulent.*
corteys 8, 30, *courtois.*
corteysie 7, 22, *courtoisie.*
corumpus, *v.* latyn.
costages 35, 17 ; 58, 28, *coût, frais.*
costé 85, 1, costee 85, 6, *côté.*
cosyn 4, 11 ; 9, 25, *cousin.*
cotel 84, 29, *couteau.*
counter 5, 10, *raconter.*
1. coupe 10, 11, coupes 10, 15, *coup(s).*
2. coupe 42, 9, *faute.*
coupons 68, 22, *billots.*
coure 47, 1 ; 82, 14, *courir.*
cours 66, 19 *élan.*
coutre 16, 19, *coudre (verbe).*
covenant 70, 2, covenaunt 16, 15 ; 16, 23, *accord.*
covenist 48, 5, covensist 71, 19, *il aurait été nécessaire.*

covertz 10, 5, *converts* ; covry 15, 1, *couvrait.*

coveyter 78, 23, *désirer.*

coward 14, 16, *lâche.*

cowe 6, 20 ; 66, 13, *queue.*

coyement 10, 25, *tranquillement.*

creéz 62, 2, *vous croyez* ; crere 20, 1, *croire* ; cru 22, 9, *j'ai cru.*

crest 10, 7, *cimier.*

crié 9, 8, criee 9, 14, *proclamation.*

criout 82, 9, *criait (seul imparfait en — out de notre texte ; spécial au deuxième scribe.)*

cristien 65, 14 ; 77, 1, *chrétien.*

cristieneté 52, 8 ; 58, 7 ; 67, 17, *chrétienté.*

cropoun 35, 6, *croupe.*

crosée 65, 8, *creusée, creuse.*

cru, *v.* creéz.

cumaunda 75, 5, *commanda.*

custumere 59, 8, *coutumière, habituelle.*

D

damage 11, 27 ; 20, 7, *dommage.*

damager 66, 22, *nuire.*

dartz 49, 1, *dards.*

daun 39, 27 ; 68, 30 ; 77, 25, *seigneur.*

de 35, 17, *peut-être faut-il lire* del ; *le sens en tout cas est clair : ils recevront indemnité du roi*; 46, 1, *pour* ; 62, 2 *à propos de, ou peut-être : à sortir de (sens de l'anglais* out of) ; 62, 15, *au moyen de* ; 64, 8, *ce dont il retourne à propos de ce pays.*

deble 4, 25 ; 5, 1, *diable.*

debrusa 26, 29, *se brisa.*

deceyte 20, 1 ; 22 19, *tromperie, trahison.*

decoleez 43, 14, décollé 45, 4, *décapité.*

dedicattcioun 17, 1, *dédicace.*

dedure, sey, 27, 11, deduyre 61, 27, *se divertir.*

deduyt, fist, 53, 16, *se réjouit,*

defaute 14, 19, *défaut, manque.*

defenderent 26, 9, *défendirent.*

defermé 64 2, *ouverte* ; defermerent 22, 27, *ouvrirent.*

defet 39, 30, *impotent.*

defolees 33 27, *mis à mal*; defolerent 44, 24, *maltraitèrent.*

defruscha 56, 15, *vola en éclats.*

dejouste 73, 30, *en face de.*

delees 7, 12 ; 10, 3, deleez 65, 7, *auprès.*

delitable 59, 30, *agréable.*

delyverer 63, 14, *délivrer, dégager.*

delyvre 53, 22 ; 54, 2, delyvres 12, 5 27, 27 ; *accouchée* ; 16, 12; 16, 17, *libre(s).*

demaunder 53 12, *demander.*

demené 14, 8, *tiraillé, pressé de toutes parts.*

demeyne 16, 11; 18, 12; 23, 23, *propre (s).*

demorer 27. 25 ; 79, 15, *demeurer, rester.*

demuere 45, 6, *attente.*

deners 35, 28, *deniers, argent.*

denesche 14, 24, *danoise.*

deneya 33, 4, *refusa.*

departir 57, 18, *vous séparer* ; departy 11, 16; 18, 16, *terminée.*

depessa 56, 14, *se brisa.*

deporter 46, 26, *plaire à*, deporter, se, 42, 28 *se contenir.*

deprés 74, 12, *près de.*

depubliee 9, 14, *publiée.*

depus 22, 16, *puisque.*

derere 21, 13 ; 73, 12, derire 66, 21, direre 73, 19, *derrière.*

dereyner 82, 10, *défendre.*

desconu 10, 30, desconuz 10, 7 ; 10, 26, *inconnu.*

descord 12, 14 ; 12, 16 ; 46, 22, *desaccord, discorde.*

descovereit, se, 8, 24, *se découvrit*

descowés 63, 21, *sans queue.*

desçu 22, 3 *trompé.*

deseesee 79, 24, *douleur.*

desert 22, 18, *mérite.*

desheritesoun 69, 24, *déshéritement.*

desolé 61, 30, *maltraité.*

desouth 13, 1 ; 13, 24 ; 20, 27 ; 36, 1 ; 40, 18 ; 65, 6, desoutz 60, 11, desouz 80, 10 ; 84, 13, *sous.*

destyne 6, 7, *est destiné.*

destrer 13, 22 ; destrers 12, 30, destrés 10, 5 ; 12, 25 ; 38, 16, *dextrier(s).*

destrure 47, 1, *détruire.*

detrenchéz 23, 9 ; 23, 11, *mis en morceaux.*

detrestreint 44, 24, *tiraient.*

deu 41, 18, *deux.*

devereit 77, 14, *devait*, devereynt 53, 2, *devaient* ; deveroy 66, 3, *je devrais.*

devestereit, se, 72, 8, *se dévêtirait de, retirerait.*

devisee 85, 20, *décidé.*
devyer 7, 1, *mourir.*
dey 61, 6, *je dois*; dussèz 33, 2, *devriez.*
dièz 77, 28, *subj. de* dire *après* si; *à traduire par l'indicatif en fr. mod.*
disours 11, 10; 85, 20, *arbitres, hérauts.*
dona sur 81, 22, *abandonna*; *v. p.* VII;
dorreit 67, 14, *donnerait*; dorroy 57, 24, *donnerai*; doyn 29, 9, doynz 46, 10, *je donne.*
dors 15, 3, *dos.*
doteroms 18, 6, *nous ne craindrons guère de grand seigneur anglais (ni nous ne craindrons guère non plus) que notre part ne soit protégée suivant le droit et la raison.*
doun 25, 13, *don.*
doute 18, 22; 35, 22, *crainte.*
dovant 52, 1, *devant.*
doyn, doynz, *v.* dona.
drein, a, 66, 4; 73, 9, dreyn 19, 2; 19, 6, al dreyn 11, 29, au dreyn 35, 4, *en dernier lieu, enfin.*
dreit, a, 18, 8, *selon le droit.*
dreyt 32, 13; dreytures 68, 9 *droit(s).*
ducheyse 76, 13, *duché*; 78, 2, *duchesse.*
duel 14, 9; 26, 25; 51, 17, *deuil, douleur.*
durer, 25, 27; 63, 24, *endurer, supporter.*
dussèz *v.* dey.

E

e, *et, v.* 1, a.
em 28, 6, *en.*
emflyr 44, 8, *enfler.*
enmervyla, s', 4, 10; 63, 12, *fut étonné, stupéfait.*
enbely 7, 2, *se mit au beau.*
enbucher 20, 27, *se mettre en embuscade.*
encerchast 36, 5, *s'enquît.*
enchaça 63, 18, *chassa.*
encheson 8, 8, *les circonstances*; 40, 13, *occasion.*
enclareyst 7, 2, *s'éclaircit.*
encloee 67, 1, *encloué.*
enclosames 5, 27, *entourâmes.*
encloyst 63, 18, *enferma.*
encombrementz 13, 19, *dangers.*
encombrer 6, 5, *malheur.*
encontrer 56, 4, encountrer 24, 13, *rencontrer.*
endreit de moy 20, 4 *de ma part*
enfia, s', 4, 21, *se fia.*
enfoundry 59, 22, *coula.*
engenulerent 42, 21, engenulerent, s', 23, 11, *s'agenouillèrent.*
engroser 44, 8, *se gonfler.*
engyn 6, 26; 20, 14, *ruse.*
engyné 80, 18, *trompé, joué*; engyneez 43, 4, *pris au piège*; engyner 49, 11, *attirer.*
engynous 43, 24, *rusé.*
enjolyverent, s', 55, 29, *furent pleins d'entrain.*
enlarger 7, 18, *agrandir.*
enluminee 4, 28, *illuminée.*
enmaya, s', 66, 17, *fut ébranlé.*
enpourys 4, 15; 7, 3, *épouvantés.*
enquere 35, 15; 44, 5, *rechercher, se renseigner sur.*
enracha 66, 14, *déchira, brisa.*
enraga 37, 13; 50, 27, *enragea*
enresona 8, 24, *s'entretint avec.*
enrouy 14, 21, *rougit*; 21, 26, *rougit*;
enseggerent 38, 9, *cernèrent.*
enseigne 78, 13, *signe*; 7, 22, *bannière.*
enselerevt 32, 7, *endosserait, approuverait.*
ensement 33, 8, *également.*
enseynta 12, 5, *fut enceinte.*
ensur 84, 20, *sûr.*
entendauntz 50, 4, *obéissants.*
enter 6, 24, *entier.*
enterement 27, 16; 69, 26, *entièrement.*
entrealerent s', 32, 27, *s'interposèrent.*
entrealiéz 18, 6, *alliés.*
entrefierent 77, 18, *se frappent mutuellement.*
entrefirent 82, 27, *firent entre eux.*
entresolacerent, s', 24, 15, entresolaserent, s', 41, 23, *se réjouirent entre eux.*
envala, s', 14, 22, *descendit.*
envanist 84, 2, *s'évanouit (parf.).*
enveilla, se, 74, 21; enveilly 84, 1, *s'éveilla.*
enveiserent, se, 17, 30, *se livrèrent aux réjouissances.*
envyous 30, 4, *envieux.*
envyronee 63, 4, *fait le tour de.*
enymy 20, 19, enymys 45, 29, *ennemi (s).*
erchevesqe 81, 9, *archevêque.*
ere 10, 28, *lierre.*
erent 17, 12; 36, 19, *étaient,* ert 27, 19, *était*; serra 6, 14, *sera,* serroi 79, 14,

serai ; seyt 15, 22, *soit* ; su 15, 21, sui 15, 20, suy 57, 3, *je suis*, sunt 52, 5, *sont*.

errer 40, 23, *marcher*.

escarlet 60, 23, *drap*.

escars 48, 6, *resserré*.

eschap 53, 9 *évasion*.

escharde 66, 18, *écaille*.

escharnierent 41, 20, *raillèrent*

eschars 37, 24, *chiche*.

eschecker 60, 27, eschelker 30, 9, *eu d'échecs*.

eschetz 60, 26, *échecs*.

eschu 56, 7, *écu, bouclier*

esclot 66, 18, *matière cornée*, esclot 72, 11, *trace des sabots*.

escria 48, 21, *désigna en criant*.

escrier 38, 12, *lever le cri sur*.

escrivre 32, 7, *écrire*.

espaudles 15, 1, *épaules*.

especes 35, 29, *épices*.

espeir 4, 28, *espoir* ; espoir 18, 3, *j'espère*.

espesse 69, 12, *fourré*.

espessement 23, 7 ; 24, 9, *en grand nombre*.

espeye 22, 11 ; 22, 21 ; 65, 9, espiés 77, 17, *épée(s)*.

espiritz 5, 30, *esprits*.

esposayles 11, 15, *mariage*.

esposé 11, 14, *épousé*, esposee 83, 18, *mariés*.

esprendre 23, 1, *incendier*.

esquiers 12, 24 ; 39, 5, equiers 39, 1 *écuyers*.

esta 34, 21 ; 66, 21, *était (parf. de* ester *employé au lieu de l'imparfait : cf. p.* VII, 4°).

estant, en, 22, 21, *debout*.

estature 57, 2, *taille*.

estonee 40, 18, *étourdi*.

estour 13, 17 ; 17, 17, *combat, assaut*.

estoyre 23, 13, *histoire. Ce mot pourrait désigner le poème dont nous avons ici le remaniement ; c'était l'opinion de Th. Wright (v. o. c p.* VII), *reprise par Moland-d'Héricault, p. 42, n. 3. Mais la formule est trop souvent de pur style pour qu'on y attache autant d'importance..*

1. estre 13, 8 ; 30, 6 : 39, 15, *excepté, outre, malgré*.

2. estre 19, 11 ; 79, 22, *état, condition*.

estrif 6, 10. *dispute*.

ewe 6, 22; 48, 11, *eau*.

ex 18, 27, *eux*

eyns 23, 19, *ce où auparavant il avait été mis en prison* ; huy, eynz, 62, 27, *avan la fin du jour*.

eynz 80, 10, *dedans*

1. eyr 66, 9, heir 83, 29 *air*.

2. eyr 79, 19, *salle*.

F

facéz 72, 28, *fassiez* ; faitz 10, 3, *faites (part pas.)* ; fere 16, 10, *faire* ; fet a, ne, 16, 27 ; 53, 11, *il est inutile de* ; fount 36 27, *font* ; fra 15, 23, *fera*, fray 57, 18, froi 69, 20, *ferai*, freez 59, 13, fres, 78, 13, *ferez*; freit 11, 5, froit, 72, 25, *ferait*.

faudrey 15, 16, *ferai défaut*.

fauser 16, 23, *enfreindre*.

fealté 25, 1, *foi et hommage*.

fee 9, 7, fees 7, 26, feez 35, 18, *fief (s)*.

feer 58, 1, fer 26, 28, *hardi*.

fei 80, 30, fey 20, 10 ; 70, 3, *foi, parole*.

ferement 27. 17, *furieusement* ; forement 15, 8 ; 48, 27, *grièvement* ; *v.* p. VII, n. 2 *et* afort.

ferma 21, 3, *fixa* ; fermé 23, 26, *fortifié* ; fermer 82, 21, *construire*.

fert 13, 22, *il frappe* ; feru 70, 17, *frappé* ; fery 13, 11, *frappa* ; 26. 26, *il frappa d'une lance etc. un chevalier qui le conduisait*.

fes 12, 28, *à la fasce de*.

fu 23 2, *feu*.

feym 26, 13 ; 78, 5, *faim*.

feyndra. se, 70, 23, *hésitera* ; se feynist 18, 19, *simula la maladie*.

feyre 81, 27, *et il fit là une foire et une ville de marché*.

fieblement 79, 18, *médiocrement*.

finement 67 15, *beaucoup*.

fitz 9, 23, fiz 77, 30, *fils*.

flambe 66, 11, *flamme*.

flanke 75 18, *flanc*.

folhardys 58, 14, *téméraire*.

fontaigne 65, 6, *source.*
force 9, 1, *de la richesse je ne me préoccupe point.*
forche 69, 6, *fourche.*
forement, *v.* ferement.
foreste 7, 28 ; 10, 3, *forêt.*
forsena 26, 25, *devint fou* ; forsenéz 23, 5, *éperdus.*
fouer 48, 9, *creuser.*
foyle 10, 28, *feuille.*
foyth 5, 23 ; 38, 29, *fois.*
frank 33, 4, *francs.*
fu 4, 27, *feu.*
fuaunt 35, 5, *fuyant.*
fuer 10, 6, *à la façon de* ; 35, 21, *prix.*
fuste 75, 8, fute 27, 2 ; 33, 19 ; 39, 20,
fuyte 73, 21, *fuite.*
fyles 12, 11 ; 14, 7, *filles.*
fynement e bien 30, 19, *bel et bien.*
fynerent 40, 23, *cessèrent.*

G

galye 64, 22 ; 75, 1 ; 80, 13, *bateau.*
gardeins 80, 7, gardeyn 31, 28, gardeynz 80, 8, *gardien (s).*
gardyns 20, 28, *jardins.*
garnesture 19, 20, *garnison.*
garny 20, 6, *j'avertis* ; 47, 28, *averti* ; garnyr 21, 20, *se tenir sur leur garde.*
geet 51, 27, *jais.*
genoylounz, a, 52, 1, *à genoux.*
gere 78, 8, *guerre.*
geres 66, 8 ; 75, 30, *guère.*
gerpyr 55, 3, guerpyr 28, 29, *abandonner.*
geyte 21, 14, gueyte 20, 29, *sentinelle.*
gisir 23, 11, *être étendus* ; just 42, 22, *était étendue.*
gitta 52, 27 ; 66, 10, *jeta* ; gittre 7, 6, *jeter* ; juteez 42, 18, *jetés.*
giw 61, 1, *jeu.*
goules 12, 28 ; 25, 20, *gueules.*
gounes 80, 4, *cottes.*
granta 56, 21, *et il consentit à rester à sa disposition* ; grantereit 18, 12 ; 69, 28, *accorderait* ; graunter 18, 9, *accorder.*
grauntz 83, 3, *grands.*
grece 24, 22, *graisse.*
greindre 72, 19, greynour 51, 18, *plus grand(e).*
grevances 17, 22, *torts.*
grevera 20, 16, *nuira.*
grevouse 44, 20, *pénible.*
greynour, *v.* greindre.
grose 14, 24, *grosse.*
guastyne 7, 26, *terrain en friche.*
guenchy 5, 1, *évita* ; gwencha 82, 15, *obliqua.*
guerpyr, *v.* gerpyr.
guerrer 76, 19, *faire la guerre.*
gueyte, *v.* geyte.
guye 47, 20, *gouverne,* guyéz 59, 7, *vous pilotez.*
gyse 78, 29, *façon.*

H

harrey 20, 3, *hairais.*
haubergon 62, 8, *haubergeon.*
haunca 61, 8, *saisit.*
hausa 13, 29, *leva.*
hautesse 19, 5, *hauteur.*
1. heir 18, 4, *héritier* ; heyrs 16, 5, *héritières.*
2. heir *v.* eyr.
herbergage 84, 8, *logement.*
herbiger 40, 14, *loger.*
herneis 59, 1, herneys 40, 21, *harnachement.*
heyté, *v.* seyn.
homages 33, 5, *je me défie des hommages que je vous avais prêtés.*
honour 6, 9, *fief* ; 12, 9 *honneur* ; onour 2, 26, *droits féodaux.*
hosehaunde 41, 21, *mari* ; *v.* p. VII, 2°.
host 19, 23, ost 19, 24, ostz 13, 16, *armée(s).*
hostage 81, 2, *ôtage.*
hostel 33, 6 ; ostels 10, 21, *demeure(s).*
hounte 20, 17, *honte.*
houre 12, 6, oure 13, 23, *heure, temps.*
hynuir 12, 26, *hennir.*

I J K

icés 75, 28, ces.
il 4, 11, yl 2, 5, *il* ; il 57, 4, *cela* ; il 2, 8, y 36, 10, *ils* ; il 61, 21, yl 62, 28, *elles.*
illumee 24, 22, *allumé.*
irascu 25, 6 ; irrez 45, 17, *furieux.*
irreit, irreynt, irroy, *v.* aler.
isnel 71, 21, ygnels 67, 21, *rapide(s).*

issera 6, 11, *sortira.*
issint 33, 16 ; 34, 29, *de sorte.*
jaunbe 35, 8, *jambe.*
jeovene 30, 5, jevene 15, 29, *jeune.*
jogelerie 44, 11, *instruments de jongleur* ; 51, 24, *jonglerie.*
jogelers 45, 21 jogelour 44, 12 ; 45, 4, *jongleur(s).*
jolyvement 37, 20, *joyeusement.*
1. joste 10, 27 ; jostes 5, 30, *joute(s).*
2. joste 86, 3, *près de.*
joster 55, 23. jostier 55, 17, *jouter.*
juauntz 30, 8, *jouant* ; juer 44,5; 61, 3, *jouer.*
juel 67, 21. *bijou.*
just, *v.* gisir.
juteez, *v.* gitta.
juvencel 60, 3, juvencels 82, 4 ; 82, 11, *jeune(s) homme(s).*
kernel 21, 4, kernels 24, 6, *créneau(x).*

L

la 16, 10 ; 16, 15 ; 16, 22, le 74, 23, *lui (pr. pers. ind.)* ; la 74, 3, *le (pr. pers. dir.)* ; la 33, 27, *graphie pour* le ; *v. p.* VII, *l.* II ; le 2, 2, *au lieu de* la ; le plus.1, 19 ; *v. p.* VII, 3° ; 75, 8, *au* ; lé 3, 25 ; 10, 8, *graphie pour* les ; les 16, 16 ; 23, 6 ; 35, 18, *leur* ; lu 9, 18, *le* ; lur 14, 7, *leur,* 16, 20 ; 36, 12, *eux,* 32, 17, *à eux* ; ly 18, 30 ; 19, 13, *elle,* 21, 15 ; 21, 16, *le (pr. pers.).*
landreyt 68, 22, laundreit 27, 10, *à cet endroit.*
laroun 51, 10, larouns 45, 24, *larron(s).*
latyn corumpus 60, 5. *jargon.*
launce 13, 12, *lance.*
launde 5, 28, *lande.*
lecherous 49, 8, *débauché.*
lede 5, 7 ; 15, 1 ; 21, 25, *laid(e).*
ledement 14, 1, *grièvement.*
1. lee 21, 2, *joyeuse* ; 26, 6, *joyeux.*
2. lee 48, 10 ; 74, 11, *large.*
leement 28, 13, *joyeusement*
leons 26, 17, lyon 14, 6, *lion(s).*
leopard 6, 19, leopart 6, 25, *léopard* ; *représente Jean sans Terre* ; *cf. p.* 84, 15 *et* 85, 23-26.
lerra 6, 21, *laissera* ; ne lerreit que 68, 7 ; 80, 22, *ne manquerait pas de* ; lerroy 47, 24, *je ne manquerai pas de.*
lesartes 63, 21, *lézards.*
lessir 26, 11, *laisser* ; lessum 53, 17, *laissons (impér.)*
leu 67, 25, *lieu.*
levre 63, 17, *lièvre.*
ley 28, 14, leys 1, 15, *loi(s).*
leynz 4, 8 ; 17, 7, *là-dedans.*
lintheals 53, 4, lyncele 21, 25, lynceles 16, 18, *drap(s).*
loez 20, 12, *conseillez (ind. prés.).*
loge 44, 1, *abri.*
longure 19, 16, *longueur.*
longe 69, 3 ; 79, 18, *longue(s).*
losenge 22, 9, *flatteries.*
lou 84, 11, loup 6, 12, *loup* ; *v.* aguz.
loyns 66, 19, *loin.*
1. lu, *v.* la.
2. lu 19, 2 ; 64, 4, lyu 42, 11, lyw 68, 1, *lieu.*
lusant 4, 13, *brillant.*
luttre 61, 6, *lutter.*
luwe 33, 9, lywe 23, 26 ; 26, 4, lywes 27, 3, lyws 71, 24, *lieue(s). Le mille avait un tiers de plus que le mille actuel.*
ly, *v.* la.
lye 42, 22, *liée* ; lyerent 71, 9, *lièrent* ; lyéz 42, 18, *liés.*
lyncele, lynceles, *v.* lintheals.
lyvrez 32, 8, *livres (fém.).*

M

mace 4, 30, *masse d'armes, v.* sergauntz.
maldie 77, 22, *maudisse (subj. prés.).*
malengous 28, 24, *malade.*
malfee 4, 26 ; 4, 30, *diable.*
malfesours 27, 17, *criminels.*
malmist 66, 17, *nuisit.*
maltalent, de, 13, 30, *avec fureur* ; maltaentz 46, 21, *mauvaises intentions.*
malveys 44, 27, maveys 30, 4, mavoys 5, 29, *mauvais.*
maner 84, 6, *demeure.*
manere 15, 8; 36, 24, *manière.*
manga 64, 18, *mangea.*
marchande *v.* feyre.
marreis 7, 29 ; 48, 6, *marais.*
maryner 57, 30 ; 73, 24, *marin.*

mastyn 63, 16, *mâtin.*
masucle 39, 19, *petit bâton.*
mat 5, 5, *vaincu* ; 30, 12, *pâle.*
maunche 6, 11, *manche (?).*
maunda pur 17, 9 ; 17, 16, *envoya chercher.*
mavesté 52, 12, *méchanceté.*
maveys, *v.* malveys.
mayhayniés 37, 10, *mutilés.*
mediciner 15, 25, *soigner.*
medlé 13, 29, *lutte.*
medler 30, 7, *se disputer avec.*
meer 55, 13, *mer.*
meez 44, 28, *je n'en puis mais.*
meindra 6, 22, *restera.*
meint, meynt 12, 16, *maint.*
meir 79, 2, meyr 78, 30, *mûre.*
menant 62, 5, *habitant.*
menée, lever la, 39, 10, *lever le cri.*
menestralsie 44, 4, *art du ménestrel.*
meotz 60, 16, *sons (de trompe).*
merveille 7, 8, *à cause de son extraordinaire grandeur* ; 35, 14, *d'une fureur extrême.*
mes qe 22, 14, *S'il est vrai que je vous ai reçu ici avec votre écuyer, je n'ai jamais entendu introduire ici les autres que vous avez amenés avec vous.*
mesavynt, molt li, 26, 4, *il lui en advint grand malheur.*
meschief 80, 17, *malheur.*
meserré 83, 1, *péché.*
meseysé 79, 25, *misérable.*
mesfis 42, 24, *ai mal agi envers.*
mesgres 71, 8, *maigres.*
mesone 5, 15 ; 44, 17, mesoune 78, 30, *maison.*
mester 47, 11, *besoin*; 78, 7, *tout ce dont nous avions besoin.*
mestre 16, 1 ; 64, 16, *principale* ; 30, 18, *maître.*
mestrie 46, 30, *autorité.*
meylour 24, 25, meylours 10, 17, *meilleur(s).*
meyn 14, 25, *main.*
meynage 19, 1 ; meyné 27, 24 ; 34, 23, meynés 18, 17, *maisnie (s)* ; meyné 60, 27, *pions.*
meyné, *v.* meynage.
meyns 45, 29, *moins.*
meyr, *v.* meir.
meyté 18, 10, meytés 15, 4, *moitié(s).*
mieus, a, 14, 23, *au mieux.*
mond 56, 3, mound 8, 28, mounde 72, 17, *monde.*
mores 34, 11, *landes* ; *v. p.* VII, 2?.
morreit 17, 15 ; 69, 23, *mourrait.*
moster 53, 22, *église, (cathédrale de Cantorbéry).*
mostra 7, 7, *montra.*
mote 7, 29 ; 7, 30, *hauteur.*
mou 27, 17, mut 34, 19, *très.*
moun 47, 22, *mon* ; 77, 27 *au lieu de* ma
mounter 12, 29, *monter.*
mourne 14, 14, *morne.*
mover 4, 19 ; 18, 20, *bouger* ; movereit 47, 29, *lui ferait.*
moye 59, 9, *mienne.*
moygne 40, 13, moyne 39, 21, *moine.*
mu 55, 17, *muet (d'étonnement).*
muer 31, 25, *dans la mue.*
mulier 11, 16, *femme.*
mussa 84, 1, *cacha.*
mut, *v.* mou.
my, par, 5, 21, *grâce à.*
mye 77, 28 ; 78, 28, *point.*
myl 20, 25, myle 25, 20, *mille.*

N

nanyl 38, 3, *non.*
nasquy 22, 5, *je suis né* ; nee 7, 20, *né.*
naufré 15, 8, naufréz 13, 5, *blessé(s).*
nay 78, 11, *non.*
neces 8, 19, *nièces.*
neef 58, 29, *bateau.*
nees 33, 27, *nez.*
neyeez 58, 10, *noyé.*
neyr 51, 26, neyre 79, 15, neyrs 23, 20, *noir(e), noirs.*
nonbréz 10, 2, *au nombre de.*
norry 12, 10, *éleva* ; vostre norry 15, 21, *celui que vous avez élevé* ; noryr 12, 8, *élever.*
north 63, 22, *nord* ; *v.* p. VII, 2?.
notes 76, 1, *airs d'accompagnement.*
noun 5, 9, *nom.*
novel 12, 28, *nouvellement.*

novele 19, 30, *nouvelle.*
nut 73, 23, nutee 52, 19, nuyetee 53, 25, nuyt 7, 2, *nuit.*
nuz 23, 4, *nus.*
nyent 17, 12, *en vain.*

O

occisioun 83, 2, *meurtre.*
ocyre 66, 3, *tuer*
oierent 30, 30, *entendirent* ; orréz 51, 20, *apprendrez* ; orroy 65, 18 *entendrai* ; oy 9, 3, *entendit.*
oil 57, 1, oyl 69, 8, *oui.*
onour, *v.* honour.
ont 19, 14, ount 14. 26 ; 19, 6, *où.*
oost 4, 8, enleva (lat. *hausit).*
or 65, 28 ; 65, 29, *or (subst.).*
ordyner 58, 28, *arranger* ; 77, 7, *ordonner.*
orfrecz 60, 23, *orfroi.*
orgoilous 50, 22, orgoylous 46, 25, orgulous 36, 8, *orgueilleux.*
orréz, orroy, *v.* oierent.
oryle 40, 18, oryles 30, 14, *oreille(s).*
ossaséz 76, 26, *osassiez.*
ost, ostz, *v.* host.
ostel, *v.* hostel.
1. ou, *v.* aver.
2. ou 8, 21 ; 39, 9 ; 40, 29 ; 44, 11 ; 47, 17, *avec.*
ount, *v.* aver *et* ont.
oure, *v.* houre.
overyrent 22, 28, *ouvrirent.*
ovree 24, 24, *travaillée.*
oy, *v.* oierent.
oyl, *v.* oil.

P

pal 19, 30, *pâle.*
palma 73, 17, palmea, se, 30, 12, *s'évanouit* ; palmee 36, 14, *évanoui* ; palment 14, 8, *elles tombent évanouies.*
palmesoun 30, 14, *évanouissement.*
paloys 4, 15, *palais.*
palys 48, 13, *retranchement.*
pareye 30, 11, *mur.*
parfond 7, 6, parfonde 21, 16, parfound 48, 10, parfounde 55, 28, *profond(e).*
parlé 32, 10, *dit.*
parsywy 35, 5, *poursuivit.*
pas 45, 18, *passage.*
passauntz 13, 6, *passants.*
pecchié 40, 4, *mauvaise action* ; 47, 8, *que vous avez des torts envers lui.*
pee, 4, 1, pees 40, 9, *pied(s).*
pees 1, 15 ; 81, 1, pes 81, 2, *paix.*
peise, ne vous, 60, 14, *ne vous inquiétez pas*
pelure 36, 29, pelures 35, 20, *fourrure(s).*
penaunce 83, 30, *pénitence.*
penerent, se, 55, 20, *s'efforcèrent.*
pere, piere 30, 2, *père.*
pernéz 41, 12, *preniez.*
perte 69, 7, pierte 36, 21 ; 74, 10, *perte.*
perye 79, 11, *perles (d'après les éditions précédentes)* (?)
pesant 64, 11, *paysan.*
peschons 6, 22, *poissons.*
piçça 15, 15 ; piece, bone, 17, 7, *longtemps*; piece, une, 18, 18, *quelque temps.*
pier 27, 29, *égal* ; piers 20, 3, *pairs*
pierça 56, 7, *perça.*
1. piere, *v.* pere.
2. piere 66, 1, *pierre.*
piert 56, 2, *est évident.*
playa 85, 1, *blessa.*
plenté, a, 61, 16, *en quantité.*
plevy sa fey, 70, 3, *jura.*
plouré 14, 13 ; 22, 4, *pleurer.*
plus, le, 21, 21, *la plupart* ; 55, 21, *d'autant plus*, *v.* le.
poer 4, 25, *pouvoir (subst.)* ; poer, de, 49, 29, *avec ses forces* ; 65, 15, *vous en êtes capable.*
poignant 56, 18, *en se précipitant, à toute vitesse.*
poinousement 27, 12, *péniblement.*
pois *v.* avoir de pois.
poons 5, 20 ; 7, 23, *paons.*
poour 64, 26, pour 13, 21, *peur.*
porrys 23, 28, *pourries.*
porter 39, 15; 44, 12, *portier.*
portez 23, 27, *portes (subst.)*
porture 68, 29, *démarche.*
posterne 14, 25, *poterne.*
potence 39, 22, *béquille.*
pount 13, 1, *pont.*
poury, 4, 21, *épouvanté.*
powees 65, 22, powes 66, 12, *griffes, pattes.*

poy 13, 23, *peu* ; poy, a, 15, 1, *à peine* ; poy qu', a, 14, 2 : *il s'en fallut de peu que.*

poyént 25, 27, *pourraient* ; purra 10, 20 ; 25, 22 ; 26, 3; 77, 7, *put, pouvait* ; purreint 79, 12, *pourraient* ; purreyent 24, 17 ; 24, 18, *purent* ; pus 9, 2 ; 20, 1 ; 39, 30, *je peux.*

poyn 32, 26 ; 75, 7, *poing.*

poyne, a, 14, 8, *à peine.*

preere 4, 25, *prière.*

preierent 12, 18, *pillèrent.*

presse 50, 28; 51, 3, *gros de la mêlée.*

prestz 56, 17, *prêts.*

preysee 56, 22, *loué.*

priorie 83, 4, *prieuré.*

prisees 47, 14, *prises.*

1. prison 17, 9, prisouns 17, 11, *prisonnier(s).*

2. prison 23, 14, prisone 8, 8 ; 16, 18 ; 74 4, *prison.*

proesse 57, 7, prowesse 83, 15, *prouesse,*

profre 18, 11, *proposition.*

proverey 32, 24, *je prouverais.*

pruz 56, 2, *preux.*

pulmoun 73, 15, *poumon.*

puour 6, 20, *puanteur.*

pur 63, 24, *à cause de.*

purchacer 9, 5, *procurer.*

purfendy 15, 6, *pourfendit.*

purpensa, se, 25, 7 ; 80, 22 ; 83, 1, *médita, réfléchit.*

purprist le champ pur 11, 7, *l'emporta sur.*

purra, purreint, purreyent, v. poyént.

1. pus 5, 25, puys 8, 10, *puis (adv.)* ; 84, 2, *depuis.*

2. pus, v. poyént.

put 7, 7, *puits.*

pys 30, 11 ; 65, 27, *poitrine.*

Q

quarel 35, 8, quarels 49, 1, *carreau (x) d'arbalète.*

quarreez 66, 12, *carrées.*

quartronee 59, 11; quartylé 25, 20, *écartelée (s).*

quaunt 83, 13, *quand.*

quere 10, 22; 28, 5, *chercher* ; quis 17, 11 ; 37, 20, *cherchés.*

queux 12, 27, *lesquels* ; queux, a, 32, 12, *auxquelles.*

quid 57, 22, *je crois.*

quyr 19, 15, *cuir.*

R

rebonderent 10, 9; rebondyrent 55, 29, *résonnèrent.*

recet 6, 28; 20, 15, *refuge.*

recevours 38, 11, *rabatteurs.*

receyvre 31, 7, *recevoir* ; resçust 9, 25, *reçut.*

recovery 85, 11, *recouvra.*

recreant 43, 15, *lâche.*

redressera, se, 47, 9, *se retournera vers.*

referrner 49, 24, *fortifier.*

refery 11, 2 ; 36, 14, *frappa de son côté.*

refetee 29, 22, *restaurée.*

reflambeaunt 12, 27, *resplendissant.*

regard 73, 1, *égard.*

regarda, se, 65, 7, *regarda autour de lui.*

regneez 47, 6, *royaumes.*

regreta 74, 25, *pleura (ses frères, comme s'ils étaient morts.)*

relement 15, 18, *rarement.*

relusantz 12, 26, *brillants.*

remanda 19, 4, *renvoya* ; remandast 19, 8, *fit à son tour savoir.*

remeint 73, 4, remeynt 68, 18, *reste* ; remeyndroy 55, 8, *resterai* ; remist 11, 20, 26, 30 ; 28, 23 ; 85, 27, *resta* ; remys 14, 10, *resté.*

remuerent 81, 25, *enlevèrent*

rendirent 24, 7, *livrèrent.*

rendreynt, se, 81, 14, *se rendraient* ; renk 22, 17, *je rends.*

reneyer 76, 30 *renier.*

renks, entré des, 55, 28, *entrée en lice.*

reparillee 29, 21, *remise en état.*

repeira, se, 11, 5, *retourna* ; repeyrerent 11, 18, *retournèrent.*

repenty, se, 17, 13, *regretta.*

repeyr 18, 25, *retour.*

repreofe 14, 20, *reproche.*

resailly 82, 19, *se remit debout*

resçust, v. receyvre.

reson, 57, 27, resoun, a, 11, 11 ; 39, 19, *à bon droit.*

respitèrent 78, 15, *ajournèrent.*

responéz 58, 17, *répondez (impér.)*

respounce 57, 14, *réponse*
resut 46, 10, *accueil.*
retenance 57, 11, *suite.*
retorn 66, 23, *retour offensif.*
retrerra, se, 20, 16, *reviendra sur se intentions* ; retrestrent, se, 25, 27, *se retirèrent.*
reverseez 10, 10, *renversés.*
reverti 73, 25, *revint à lui.*
1. reygne 27, 26; 35, 30, roigne 56 27, *reine.*
2. reygne 64, 12, *royaume.*
rierent 41, 21, *rirent.*
robba 25, 21, *dépouilla.*
roberye 44, 17, *vol.*
roigne, *v.* 1. reygne.
rouly 27, 16, *roula.*
rovet, s'en, 34, 23, *s'en retourne (pour* revet ; *v.* afort).
roynous 14, 23 ; 15, 19, *rouillé.*
ruee 21, 16, *précipitée* , ruer 74, 3, *jeter.*
russelle 54, 6, *ruisseau.*
russhé 13, 4, *repoussé.*
rybaudayle 42, 4, *ribaudaille.*
ryseye e jeu, aveyent, 65, 28, *faisaient des gorges chaudes.*
rywe 22, 30 ; 23, 2, rywes 23, 11, *rue(s).*

S

sa 61, 30, *çà, en ce lieu-là* ; pus en sa 4, 8 ; 81, 27, *depuis lors.*
sage de 48, 4, *expert en.*
saka 22, 11 ; 82, 19, *tira.*
sale 14, 22 ; *salle* (sala 42, 16 ; *v. p.* VII, *l.* 11).
salve 13, 18, *qu'il sauve.*
salvement 58, 7, *en toute sécurité.*
samyt 7, 23, *serge.*
sanee 40, 25, *guéri.*
santz 1, 13, saunz 73, 1, *san(s).*
sarazynes, 10, 8, *sarrasins.*
saut 66, 25, *s'élance* ; saut sus 75, 6, *se dresse* ; saylerent 40, 19, *s'élancèrent* ; sayly 50, 20, *s'élança.*
sauve 70, 16, *sauf.*
savages 72, 28, *sauvages.*
saveient 81, 16, saveint 23, 5, saveyent 68, 4, saveynt 23, 8, *savaient* ; saver 77, 27, *savoir* ; saveréz 43, 16, *saurez* ; say 69, 4, *sais (avec le sens de saurai)*, siet 19, 29, *sait* ; 46, 11, *le roi d'Angleterre ne sait avoir la paix ni avec vous ni avec qu que ce soit.*
say 19, 10, saye 19, 16 *soie.*
se 83, 27, *cela pouvait.*
seant 61, 11, *assise* ; seer 60, 12, *asseoir.*
seen 45, 1, sen 66, 4, *sens.*
seet 61, 28, set 27, 7, *sept.*
sege 24, 19, *siège.*
seigna de la croix, se, 4, 29, seygna, se, 65, 8, *fit le signe de la croix.*
seigneur 70, 16, *seigneur (forme en -eur ; spécial au deuxième scribe).*
segnorie 47, 21, *pouvoir* ; seignourye 54, 18, *possession.*
semblance, en, 4, 26, *sous l'aspect de.*
semblant 17, 13, *il ne parut pas affecté de leur fuite et ne s'en préoccupa nullement* ; semblaunt 75, 23, *simulacre.*
sengler, *v.* cengler.
seon, pur du, 68, 15, *pour du sien, c. à. d. moyennant finances* ; son 76, 7, suens 24, 11, *sien(s)* ; 21, 16, *au lieu de* sa.
serement 33, 28, *serment.*
sergauntz 4, 15, serjant 36, 12, serjantz 13, 8, serjauntz 36, 2, *sergent(s)* ; serjaunts de mace 79, 17, *sergents à masse.*
serra, serroi, *v.* erent.
set, *v.* seet.
seyt, *v.* erent.
seyn e heyté 16, 27, *sain et sauf.*
seynz 18, 2, *céans.*
seyr 21, 26, *soir.*
seysera 25, 14, *saisira.*
siet, *v.* saveient.
sigler 59, 18, *naviguer.*
si la qe 81, 2, *jusqu'à ce que.*
sistrent 30, 8, *étaient assis (parf. avec sens de l'imparfait).*
sitole 51, 24, *citole.*
siweroms 69, 5, *suivrons* ; sywera 6, 19, *poursuivra* ; sywyrent 36, 2, *suivirent.*
socoure 14, 4, *secourir.*
sodliés 60, 23, *souliers.*
soere 8, 11, suere 29, 24, *sœur.*
sojorner 18, 18, *séjourner.*
solacerent 15, 28, *consolèrent.*
soleit 16, 3 ; 80, 24, soleynt 68, 2, *avai(en)t l'habitude* ; *imparfait d'habitude ; correspond à l'anglais* used to).
solempneté 83, 17, *solennité.*
solum 37, 1, *selon.*

somer 14, 26 ; 14, 27, *cheval de charge.*
sommylous 52, 29, *ayant besoin de dormir.*
somoil 74, 26, *sommeil.*
somondre 38, 8, somoundre 47, 25, *convoquer.*
son, *v.* seon.
soudea 18, 23, *prit à sa solde.*
souders 17, 16, *mercenaires.*
soul 13, 21, souls 16, 24, *seul (s).*
sounga 84, 26, *songea.*
sournoun 7, 17, *nom.*
sovynt, ly 51, 15, *il se souvint.*
su, *v.* erent.
suef 22, 7; suefment 14, 18, *tendrement.*
sui, sunt, *v.* erent.
suppris 15, 30 ; 16, 7, *saisi.*
sur 10, 18, *par-dessus* ; 23, 6, *sur.*
surryst 9, 3, *sourit (parf.)*
survere 12, 22, *observer.*
survyndrent 61, 27, *survinrent.*
sus 21, 3, *en haut* ; sus e jus 14, 19, *çà et là* ; suz 32, 24, *sur.*
suspecioun 19, 9, *soupçon.*
suy, *v.* erent.
suz, *v.* sus.
symaigne 17, 30, *semaine.*
synk 13, 7 ; 29, 28 ; 34, 30, *cinq.*
sys 84, 13, *six.*
sywte 43, 27, *poursuite.*

T

tabertz 60, 19, *tabards, surtouts flottants.*
tabour 51, 28, tabours 10, 8, *tambour (s).*
talent, à, 18, 22 ; 45, 13 ; 81, 24, *aussi bien que possible.*
tant ne quant 43, 1, *tant soit peu.*
taste 61, 8, teste 66, 12, testes 33, 12, *tête(s).*
taunt, a, 6, 2 ; 10, 27, *alors.*
teles 54, 19, tieles, a, 32, 17, *à condition que*
tenauntz 33, 4, *tenanciers.*
tendreit 16, 15 ; 32, 20, *tiendrait* ; tendrount 6, 9, *tiendront* ; tenuz 15, 15, *obligé* ; 20, 5 ; 31, 4, *tenu pour* ; tenysent 16, 20, *tinssent* ; tienk 33, 1, *je tiens* ; tindrent 25, 2, *dépendaient.*
teuour 54, 23, *teneur.*
terce 17, 4, *troisième* ; tierce 11, 13, *une troisième fois.*
terre, tot a la, 10, 5, *jusqu'à terre.*
tes tey 14, 15, *tais-toi.*
tieles, *v.* teles.
tocheyent 31, 20, *touchaient à.*
tolet 69, 27, *enlevé* ; toly 6, 4, *enleva* tout 44, 30, *enlève.*
tonayre 4, 17, *tonnerre.*
tor 5, 21, *taureau.*
torment 63, 29, *tourmente.*
torna 11, 30, *retomba* ; tornereit 36, 21, *retomberait* ; tornerent, se, 10, 21, *regagnèrent.*
torneier 9, 9, *prendre part à un tournoi.*
tornoyementz 5, 30, *tournois.*
tosours 38, 10, *batteurs de buissons.*
tot, del, 20, 20, *complètement* ; tot fust il 43, 23, *tout en étant* ; tou 69, 27, *tout.*
towayles 16, 18, tuayles 53, 3, *serviettes.*
traist 21, 3, *tira* ; trayst 35, 7, *tira (avec son arc)* ; treient 77, 17, *tirent* ; trestrent, se, 59, 30, *se rendirent* ; trete 22, 21, *tirée, nue.*
traviler 28, 24 ; 54, 1, *voyager, partir.*
trayner 46, 18, *traîner (supplice infamant).*
tré 75, 17, très.
treblees 24, 21, *triplées.*
trete, *v.* traist.
tregettés 5, 21, *coulés.*
treis 26, 8, treys 34, 28, *trois.*
tresnoera 6, 23, *traversera.*
treson 21, 29, tresoun 19, 9, *trahison.*
trespas 83, 26, *vie de pécheur.*
tresperça 63, 11, trespersa 59, 18, *transperça.*
trestrent, se, *v.* traist.
treter 31, 19, *traiter.*
treytres 72, 9, *traîtres.*
trible 68, 13, *mot inexpliqué jusqu'ici. Si on le rapproche de* tribler *(v. ci-dessous), il peut désigner un instrument à casser le charbon.*
tribler 44, 6, *écraser.*
tribucha 11, 2, *tomba.*
tro 48, 13, *trop.*
tronchoun 26, 30, *tronçon.*

U V W Y

um 10, 10, *on.*
un 12, 21, *au lieu de* une ; uns 17, 6, *un.*
uncore 8, 16, *maintenant*; 65, 18, *je ne par-*

tirai pas avant d'en avoir vu et entendu davantage.
unqe 54, 18, *jamais (sens positif).*
us 66, 2, *porte.*
usse, ussez, ust, *v.* aver.
utre 66, 21, *au-delà de.*

vadlet 14, 20, *jeune homme ;* vadlets 12, 25, vadletz 18, 24, *soldats.*
vala 19, 10, *fit descendre.*
valer 1, 10 ; 79, 12, *valoir.*
vailaunt 1, 18, vaylaunt 3, 1, vaylauntz 2, 7, *vaillant(s).*
valeyes 10, 9, *vallées.*
vantgarde 25, 26, *avant-garde.*
vauntparlour 36, 8, *faiseur de boniments.*
vaylaunt, *v.* vailaunt.
veantz 20, 2, veaunt 11, 14, *en présence de.*
veient 14, 7, *voient,* veiéz 64, 25, *vous voyez* ; veitez 69, 2, *vîtes-vous ?* ; verroy 65, 18, *verrai* ; ver 14, 9 ; 40, 9 vere 6, 1 ; 10, 10, *voir* ; veu 57, 2, *vu* ; veyt 16, 6, *voit* ; vist 83, 26, *vit,* vy 69, 4, *je vis.*
veilent 9, 9, *veulent* ; velsist 32, 16, *voulût* ; velt 47, 23, *veut* ; voderount, 78, 23, *voulurent,* vodra 4, 30, *voulut* ; vodra, aver 70, 17, *aurait* ; vodrey 18, 5, *je voudrais* ; vodréz 69, 21, *vous feriez* ; voleint 37, 8, *voulaient* ; volsist ou noun 56, 16, *bon gré mal gré* ; vueil 79, 13, *je veux* ; vueille 76, 30, *veuille (subj. au lieu d'indic.)* ; vueilléz 25, 17, *veuillez (impér.).*
veir 20, 21, *vrai,* veyr 36, 22, voyr 36, 26, *vérité.*
vele 61, 11, *vieille.*
velsist, velt, *v.* veilent.
vendra 28, 5, *viendra* ; vendreit 61, 16, *viendrait,* vendreynt 36, 12, *viendraient* ; venist 31, 6, *vînt* ; veut 7, 10, *vient* ; viegne 18, 29, vienge 19, 2, *vienne* ; bien viegnéz 52, 10, *soyez le bienvenu* ; vienge 65, 17, *vient (subj. après si).*
veneles 23, 10, *ruelles.*
venist, *v.* vendra.
veneours 68, 4, *chasseurs* ; venours 38, 11, *v.* come.
veogle 84, 3, *aveugle.*
ver, vere, *v.* veient.
vergoyne 76, 15, *honte.*
1. verroy 78, 13, *véritable.*
2. verroy, *v.* veient.
vesqui 83, 18 ; 86, 1, vesqy 74, 9, *vécut.*
vet, voy, *v.* aler.
veu, *v.* veient.
veye 39, 9, *route.*
veyl 59, 11, *la voile.*
veylard 39, 27, *vieillard.*
veyndra 6, 25, *vaincra* ; veyndre 51, 1, *gagner.*
veyr, *v.* veir.
veysyn 25, 15, *voisin.*
veyt, *v.* veient.
viande 60, 6, viaunde 60, 9 ; 84, 8, *vivres.*
viaundour 84, 5, *hôte.*
viele 51, 24, *viole.*
vilaynz 60, 18, vyleinz 60, 21, *vilains.*
vile 13, 1, vyles 25, 21, *ville (s).*
vist, *v.* veient.
vitaille 59, 21, *vivres.*
vitailler 60, 3, *ravitailler.*
vivaunt 76, 7, *vivant.*
voderount, vodra, vodreez, vodrez, *v.* veilent.
voida 56, 16, *vida.*
voit, *v.* aler.
volagous 42, 4, *dissipés.*
volenté, a, 10, 4, *d'un commun accord.*
voleit, volient, voléz, volsist, *v.* veilent.
voyde 26, 29 *ventre.*
voyr, *v.* veir.
vueil, à son, 77, 19, *ce qu'il désirait c'était de.*
vy, *v.* veient.
vye 8, 8, *vie.*
vyls 60, 19, *vils.*
vys 32, 26, *visage.*
vysureez 42, 20, *masqués.*
weymente 72, 13, *se lamente sur.*

y, *v.* i.
yey 59, 8, *ici.*
ydle 6, 24, yle 59, 29, ysle 74, 12, *île.*
ygnels, *v.* isnel.
yl, *v.* il.
yle, *v.* ydle.
yleoque 28, 17, yleqe 28, 16, *là* ; par yleque 32, 6, *par là, de cette façon.*
yre 14, 21, *colère.*
yrreit, *v.* aler.

ERRATA

Page 4, 17 *lire* tiele] tiede
— 17, 4 — terce bayle] terre bayle
— 25, 27 — dé lur.] de lur.
— 31, 17 — Aprés] Apres
— 41, 12 — ma] sa
— 42, 18 — lyéz] lyez
— 48, 7 — e] é
— 53, 2 — chevalers] chvalers
— 53, 30 — privément] privement
— 54. 30 — Balaha] Balaham
— 59, 1 — riche-] riche
— 60, 12 — lur] lur lur
— 60, 27 — meyné] meyne
— 73, 5 — force] forcé
— 76, 28 — nomément] nomement
— 76, 29 — ja] la
— 79, 18 — grant, corsu,] grant corsu,

TABLE DES MATIÈRES

DIJON — IMP. DARANTIÈRE

22*. — Le Couronnement de Louis, chanson de geste du XIIe siècle, éd. par Ernest Langlois ; XVIII-160 pages. 9 fr. »
23. — Chansons satiriques et bachiques, éd. par A. Jeanroy et A. Långfors ; XIV-145 pages .... 7 fr. 50
24. — Les Chansons de **Conon de Béthune**, éd. par Axel Wallensköld ; XXIII-39 pages .... 3 fr. »
25*. — La Chanson d'Aspremont, 2e éd. revue par Louis Brandin ; t. II, vv. 6155-11376, 8-271 pages.......... 10 fr. »
26. — Piramus et Tisbé, éd. par C. de Boer ; XII-95 p. 5 fr. »
27. — Les Poésies de **Cercamon**, éd. par Alfred Jeanroy ; IX-42 pages .... 2 fr. 50
28. — **Gerbert de Montreuil**, La Continuation de Perceval, éd. par Mary Williams, t. I, vv. 1-7020 ; V-215 p.. 8 fr. »
29. — Le Roman de Troie en prose, éd. par L. Constans et E. Faral, t. I, XI-176 pages.................. 8 fr. »
30. — La Passion du Palatinus, mystère du XIVe siècle, éd. par Grace Frank ; XVI-102 pages .... 6 fr. »
31. — Le Mariage des Sept Arts par **Jehan le Teinturier d'Arras**, suivi d'une version anonyme, poèmes français du XIIIe siècle, éd. par Arthur Långfors ; XIV-35 p... 2 fr. 75
32. — **Alain Chartier**, Le Quadrilogue invectif, éd. par E. Droz ; XII-76 pages .... 4 fr. »
33. — La Queste del Saint Graal, éd. par Albert Pauphilet ; XVI-304 pages .... 14 fr. »
34. — **Charles d'Orléans**, Poésies, par Pierre Champion ; t. I, XXXV-192 pages .... 14 fr. »
35. — Maistre Pierre Pathelin, éd. par Richard T. Holbrook ; X-132 pages .... 5 fr. »
36. — **Adam le Bossu**, Le Jeu de Robin et Marion suivi du Jeu du Pelerin, éd. par Ernest Langlois ; X-95 p. 5 fr. »
37. — **Jean Renart**, Galeran de Bretagne, éd. par Lucien Foulet ; XLIII-224 pages .... 15 fr. »
38. — **Renaut de Beaujeu**, Le Bel Inconnu, éd. par G. Perrie Williams ; XII-213 pages .... 17 fr. »
39. — Jongleurs et Troubadours gascons des XIIe et XIIIe siècles, éd. par Alfred Jeanroy ; VII-88 pages.. 5 fr. 50
40. — **Robert de Clari**, Conquête de Constantinople, éd. par Philippe Lauer ; XVI-132 pages .... 6 fr. 50
41*. — Aucassin et Nicolette, éd. par Mario Roques, 2e éd. revue ; XXXVIII-107 pages........................ 8 fr. 50
42. — Les Chansons de **Guilhem de Cabestanh**, éd. par Arthur Långfors ; XVIII-77 pages .... 7 fr. »
43. — Lettres françaises du XIIIe siècle : **Jean Sarrasin**, Lettre à Nicolas Arrode (1249), éd. par Alfred L. Foulet ; XI-24 pages .... 2 fr. 25
44. — Eneas, éd. par J.-J. Salverda de Grave ; t. I, vv. 1-5998, XXXVI-184 pages .... 12 fr. »
45. — La Chanson de Sainte Foi d'Agen, éd. par Antoine Thomas ; XXXVIII-64 pages .... 10 fr. »
46. — Les Poésies de **Jausbert de Puycibot**, éd. par William P. Shepard ; XVIII-84 pages .... 7 fr. »

47. — PROVERBES FRANÇAIS ANTÉRIEURS AU XVe SIÈCLE, éd. par JOSEPH MORAWSKI ; XXIII-147 pages .... 9 fr. »
48. — Jean Bodel, LE JEU DE SAINT NICOLAS, éd. par ALFRED JEANROY ; XVI-91 pages .... 5 fr. »
49. — Rutebeuf, LE MIRACLE DE THÉOPHILE, éd. par GRACE FRANK ; XIII-41 pages .... 3 fr. 25
50. — Gerbert de Montreuil, LA CONTINUATION DE PERCEVAL, éd. par MARY WILLIAMS ; t. II, vv. 7021-14078, 219 p. ... 9 fr. »
51. — AMADAS ET YDOINE, éd. par JOHN R. REINHARD ; XXX-300 pages .... 18 fr. »
52. — LA FILLE DU COMTE DE PONTIEU, éd. par CLOVIS BRUNEL ; XV-61 pages .... 5 fr. »
53. — LES CHANSONS DE Perdigon, éditées par H. J. CHAYTOR ; XI-76 pages .... 6 fr. »
54. — LE SIÈGE DE BARBASTRE, éd. par J. L. PERRIER ; VII-270 pages .... 15 fr. »
55. — Chrétien de Troies, GUILLAUME D'ANGLETERRE, éd. par M. WILMOTTE ; XIV-133 pages .... 10 fr. »
56. — Charles d'Orléans, POÉSIES, éd. par PIERRE CHAMPION ; t. II, pages 289-583 .... 24 fr. »
57. — Robert de Boron, LE ROMAN DE L'ESTOIRE DOU GRAAL, éd. par W. A. NITZE ; XV-138 pages .... 8 fr. 50
58. — LA VIE DE SAINT EUSTACHE, éditée par HOLGER PETERSEN ; XV-96 pages .... 6 fr. 50
59. — Guiot de Dijon et Jocelin, CHANSONS, éd. par ELISABETH NISSEN ; XV-57 pages .... 5 fr. »
60. — LA VIE DE SAINT EUSTACE EN PROSE, éditée par JESSIE MURRAY ; VII-97 pages .... 4 fr. 25
61. — LES POÉSIES DE Bernart Marti, éd. par ERNEST HOEPFFNER ; X-72 pages .... 6 fr. 50
62. — ENEAS, éd. par J.-J. SALVERDA DE GRAVE, t. II ; 200 pages .... 15 fr. »
63. — FOUKE FITZ WARIN, éd. par LOUIS BRANDIN ; XI-117 pages .... 10 fr. »

Pour paraître prochainement :

Textes

LE ROMAN DE TROIE EN PROSE, éd. par LÉOPOLD CONSTANS et E. FARAL, t. II.

Guillaume de Saint-Pathus, MIRACLES DE SAINT LOUIS, éd. par PERCIVAL B. FAY.

JEU DE SAINTE AGNÈS, éd. par ALFRED JEANROY.

Gerbert de Montreuil, PERCEVAL, éd. par MARY WILLIAMS, t. III.

Jehan Maillart, LE ROMAN DU COMTE D'ANJOU, éd. par MARIO ROQUES.

Manuels

LA MUSIQUE AU MOYEN AGE, par TH. GÉROLD.

LES ARMOIRIES EN FRANCE AUX XIIe ET XIIIe SIÈCLES, par MAX PRINET.

DIJON — IMPRIMERIE DARANTIÈRE

www.ingramcontent.com/pod-product-compliance
Lightning Source LLC
LaVergne TN
LVHW020322230826
846091LV00003B/741

9782329180342